Petra Schier

Ein Weihnachtsengel auf vier Pfoten

Petra Schier

Ein Weihnachtsengel auf vier Pfoten

rütten & loening
AUFBAU VERLAGSGRUPPE

ISBN 978-3-352-00764-4

Rütten & Loening ist eine Marke der Aufbau Verlagsgruppe GmbH

1. Auflage 2008

Einbandgestaltung Mediabureau Di Stefano, Berlin
Druck und Binden CPI Moravia Books, Pohořelice
Printed in Czech Republic

www.aufbau-verlagsgruppe.de

Prolog

Ein sanfter Windhauch wehte durch den kleinen verwilderten Garten. Billa zwängte sich durch den Busch am Rande des Grundstücks, blieb mitten in einem überwucherten Blumenbeet stehen und schüttelte sich. Die Sonne, die gerade durch die Wolken stieß, ließ ihr schwarz-beige geschecktes Fell aufleuchten.

Sie blickte sich in dem Gärtchen um und dann an der Fassade des alten Hauses hoch. Ein guter Ort, schon immer.

Von der Straßenseite des Hauses her ertönte Kinderlachen. Billa spitzte die Ohren und ging langsam zum Rand des Grundstücks. Der niedrige Zaun, von dem es umgeben war, war nicht immer morsch gewesen, jetzt aber war er es, und sie konnte sich ohne Probleme durch eine Lücke hindurchzwängen. Neugierig schaute sie um die Hausecke und erblickte zwei Frauen und ein kleines Mädchen im Vorgarten.

Das Mädchen gefiel ihr, und sie prägte sich sogleich die Gesichtszüge der Kleinen ein. Dann schnüffelte sie kurz in die Luft; der Wind trug ihr den Geruch des Mädchens zu. Billa blickte nach oben zu den Wolken, die schnell vorbeizogen und sich dabei immer wieder teilten. Das Sonnenlicht blitzte hindurch und kitzelte Billas Nasenspitze. Sie schnaubte und schüttelte sich erneut, dann schaute sie wieder zu dem Mädchen hin.

Die Kleine tobte durch den Vorgarten, doch als erneut ein

paar Sonnenstrahlen die Erde berührten, blieb sie stehen und sah zu Billa hinüber. Die Hündin erwiderte für einen Herzschlag lang den Blick des Mädchens, dann verschwand sie rasch. Zu früh. Es war noch zu früh.

1. Kapitel

»Verflixt und zugenäht!« Vergeblich versuchte Hannah, die Hintertür ihres neuen Domizils zu schließen. Doch jedes Mal sprang sie wieder auf. »Was ist denn das bloß?« Verärgert warf Hannah sich gegen die Tür und drückte gleichzeitig die Klinke. »Na endlich!« Stirnrunzelnd betrachtete sie den Zugang zu dem verwilderten kleinen Garten. Warum war ihr nicht schon bei der Hausbesichtigung aufgefallen, dass die Tür defekt war?

»Mama, in welcher Kiste sind meine Schlafanzüge?«, schallte die Stimme ihrer fünfjährigen Tochter aus dem Obergeschoss. Seufzend drehte Hannah sich um. »In dem Karton mit dem roten Punkt!«, rief sie zurück. »Warte, Paula, ich komme gleich.« Sie machte einen Schritt in Richtung Treppe, doch im nächsten Moment hörte sie hinter sich ein Klacken. Die Tür war wieder aufgesprungen, und durch den Spalt wehte ein feucht-kalter Luftzug herein.

»Das kann ja wohl nicht wahr sein!« Wütend lief Hannah in die Küche, schnappte sich einen noch fast vollen Umzugskarton und knallte ihn vor die Tür. Auf diese Weise blieb sie zumindest geschlossen, doch der Schlüssel ließ sich nicht drehen. »Eine Einladung für Einbrecher, was?«, brummte sie aufgebracht.

»Mama, hier sind zwei Kartons mit einem roten Punkt!«, rief Paula von oben.

Hannah warf der Tür noch einen bösen Blick zu, dann stieg sie ins Obergeschoss. »Mach doch beide Kisten auf!«, sagte sie zu Paula, die ratlos vor den beiden gekennzeichneten Kartons stand. Hannah riss selbst das Klebeband von einer der Kisten und griff hinein. »Siehst du!« Lächelnd drückte sie ihrer Tochter einen Schlafanzug in die Arme. »Und nun geh ins Bad und putz dir die Zähne. Ich mache inzwischen schon mal dein Bett fertig.«

Nachdem Paula eingeschlafen war, setzte sich Hannah in ihr neues Wohnzimmer und kramte den Mietvertrag aus ihrer Aktentasche hervor. Dass das alte Haus, das sie so günstig gemietet hatte, etwas renovierungsbedürftig war, hatte sie auf den ersten Blick gesehen. Und es machte ihr nichts aus, denn man konnte ja nach und nach ein paar Verschönerungsarbeiten vornehmen. Die nette Frau Bogner, die sie beim Besichtigungstermin herumgeführt hatte, hatte ihr versichert, dass sie dabei weitgehend freie Hand habe. Doch eine Hintertür, die sich nicht verschließen ließ, war ganz eindeutig Sache des Vermieters. Den hatte sie allerdings bisher noch gar nicht kennengelernt.

Hannah fand auf dem Dokument die Telefonnummer des Hausbesitzers, eines M. Marbach, und tippte sie in ihr Handy. Wenige Sekunden später runzelte sie erneut die Stirn, als eine Computerstimme ihr mitteilte: »Kein Anschluss unter dieser Nummer.«

Sie schaltete ihr Handy ab und schloss für einen Moment die Augen. »Das ist jetzt wohl ein schlechter Scherz«, murmelte sie. »Und ein Telefonbuch habe ich natürlich auch noch nicht.« Sie schüttelte den Kopf und legte den Mietvertrag beiseite. Dabei fiel ihr Blick auf ihren Laptop. Zwar hatte sie ihr Büro noch nicht fertig eingerichtet, aber die Telefon-

und Internetverbindungen waren bereits installiert. Entschlossen nahm sie den Laptop und trug ihn nach oben. Es dauerte einen Moment, bis sie das Gerät für die neue Verbindung eingerichtet hatte, doch dann ließ sich problemlos das Online-Telefonbuch aufrufen.

»O nein!« Entnervt starrte sie auf die siebenundzwanzig Treffer, die der Name Marbach für die hiesige Postleitzahl und die mit M beginnenden Vornamen brachte. »Manfred, Marco, Marcus, Martin, Matthias, Michael ... Die kann ich doch jetzt nicht alle anrufen! Wenn ich doch bloß nicht nur den Anfangsbuchstaben des Vornamens hätte.« Da ihr Vermieter auch nur eine Postfachadresse angegeben hatte, die sie nicht weiterbrachte, gab sie verärgert auf.

»Irgendwo hatte ich doch einen Zettel mit der Handynummer!«, erinnerte sie sich und durchforstete noch einmal die Mappe mit den Unterlagen zum Haus. Auf der Rückseite des Mietvertrags wurde sie schließlich fündig. Mit fliegenden Fingern tippte sie die Nummer ein und wartete. Es klingelte einmal, zweimal ... Nach dem dritten Klingeln ertönte ein Knacken und Rauschen, dazwischen eine dunkle Männerstimme: »...bach?«

»Äh, ja, entschuldigen Sie die Störung.« Hannah strich sich ihr halblanges honigblondes Haar hinters Ohr und spähte auf ihre Armbanduhr. Es war kurz vor neun. »Mein Name ist Mayer, ich bin Ihre neue Mieterin und ...«

»... Bitte? ... Ganz schlechter Empfang hier ...«, unterbrach die Stimme sie.

Hannah verdrehte die Augen. »Ich habe ein Problem mit der Hintertür, Herr Marbach. Sie lässt sich nicht abschließen.«

»Was?« Das kam diesmal ganz deutlich.

»Die Hintertür«, wiederholte Hannah. »Ich kann sie nicht ab…«

»… kann Sie kaum verstehen. Lassen Sie die Tür doch …«

»Wie bitte?« Hannah fluchte innerlich. »Ich möchte, dass Sie sich sofort darum kümmern, dass meine Tür repariert wird!«

»… jetzt keine Zeit. Morgen …«

»Aber …«

»… schicke ich Ihnen …«

»Was? Was?« Hannah verstand kein Wort mehr, und im nächsten Moment brach die Verbindung ganz ab. Sofort wählte sie noch einmal, doch diesmal ohne Erfolg. Offenbar hielt Herr Marbach sich in einem Funkloch auf. »Na toll, und eine Mailbox hat er wohl auch nicht«, grollte sie. Da sich die Tür auch nach weiteren Versuchen nicht schließen ließ, stapelte sie kurzerhand mehrere volle Umzugskisten davor. Das würde etwaige Eindringlinge hoffentlich abhalten, auch wenn sie nicht glaubte, dass sich hier am Rand einer Kleinstadt irgendwelche finsteren Gestalten herumtrieben. Trotzdem war das natürlich keine Lösung.

Achselzuckend schob er das Handy wieder in seine Jackentasche. Das fing ja gut an. Kaum war diese Frau – wie hieß sie doch gleich? Er hatte den Namen nicht verstanden – in seinem Haus eingezogen, schon hatte sie etwas zu meckern. Andererseits – die Hintertür des alten Hauses hatte schon länger eine Macke. Er würde einfach Onkel Richard zu ihr schicken. So schwer konnte es ja wohl nicht sein, die Tür zu reparieren. Wenn er nach Hause kam, würde er gleich bei ihm anrufen, dann brauchte er sich nicht selbst damit zu befassen.

2. *Kapitel*

Du kannst dir gar nicht vorstellen, wie ich mich geärgert habe«, erzählte Hannah drei Tage später, während sie ihre Freundin Silke durch das Haus führte. »Aber zum Glück kam am nächsten Nachmittag dieser Herr Bogner und hat die Tür repariert. Er muss wohl ein Onkel oder so was von meinem Vermieter sein. Frau Bogner hat mir ja damals auch das Haus gezeigt. Ein nettes älteres Ehepaar. Dieser Herr Marbach hingegen ...«

»Ach, er konnte doch bestimmt nichts dafür, dass er gerade in einem Funkloch war«, beschwichtigte Silke und schüttelte ihren schwarzen Lockenkopf. »Und er hat ja jemanden geschickt, der sich um die Tür gekümmert hat. Ist doch alles in Ordnung, oder nicht?«

»Ja, schon. Trotzdem habe ich mich eben ziemlich darüber aufgeregt.«

»Kein Wunder nach einem anstrengenden Umzug mit Kind und Kegel.« Silke lächelte. »Wo steckt Paula eigentlich?«

»Sie ist in ihrem Zimmer und schläft. Heute war der erste Tag im neuen Kindergarten, und danach war sie ziemlich erschöpft. Aber sie brachte gleich eine Einladung zur Halloween-Feier mit nach Hause. Jetzt muss ich mich wohl noch schnell um ein passendes Kostüm kümmern.«

»Ist doch toll, dann lernst du gleich ein paar der Eltern kennen!« Silke blinzelte ihr zu. »Und wer weiß, vielleicht ist ja ein netter alleinerziehender Vater dabei.«

»Nun hör schon auf!« Hannah stieß ihre Freundin kichernd in die Seite. »Du schaust dir zu viele von diesen Hollywood-Schnulzen an. Glaub mir, eine Kindergartenfeier ist der letzte Ort, an dem man den Mann fürs Leben findet.«

»Das dachte ich von Supermärkten bisher auch.« Silke hielt Hannah lächelnd zum wiederholten Male ihren Verlobungsring unter die Nase.

»Das ist etwas anderes. Du hast dir gleich den Filialleiter geangelt.«

»Ein guter Fang, nicht wahr?«

Die beiden Frauen lachten herzlich, dann wurde Hannah wieder ernst. »Aber mal etwas anderes. Meinst du, ich sollte für Paula langsam ein Haustier anschaffen? Eine Katze vielleicht? Sie wünscht sich schon lange ein Tier. In der alten Wohnung war ja kein Platz, aber hier ... Das wäre doch ein schönes Geschenk zu Weihnachten.«

»Warum nicht?« Silke goss sich noch einen Kaffee ein und lehnte sich auf der Couch zurück. Ihr Blick wanderte zum Fenster, das auf den Garten hinausging. »Eine Katze würde sich hier bestimmt wohlfühlen. Kommt doch einfach mal bei uns im Tierheim vorbei.«

»Vielleicht machen wir das. Ach, Paula, da bist du ja!« Hannah winkte ihre Tochter zu sich, die mit geröteten Wangen und verstrubbelten Haaren in der Wohnzimmertür aufgetaucht war. »Schau, ich habe dir einen warmen Kakao gemacht.«

Paula lächelte. »Danke, Mama. Hallo, Silke, hast du wieder neue Tiere im Tierheim?«

»Aber klar doch. Gestern bekamen wir ein Chamäleon herein. Aber das konnten wir gleich weiter vermitteln. Und zwei Papageien, die machen vielleicht einen Krach!«

»Was ist ein Camelon?«

»Chamäleon«, verbesserte Silke, doch bevor sie zu einer Erklärung ansetzen konnte, sprang Paula plötzlich auf und rannte zum Fenster. »Da ist er wieder!«

»Was? Wer ist dort?« Alarmiert stand auch Hannah auf und trat ans Fenster heran.

»Na, der Weihnachtsengel!«

Verblüfft schaute Hannah auf ihre Tochter hinunter. »Was für ein Weihnachtsengel? Ich sehe nichts.«

»Jetzt ist er wieder weg. Aber er war im Garten, ich hab's genau gesehen!« Paula starrte noch einen Moment in die Wildnis vor dem Fenster, dann ging sie zurück zur Couch und setzte sich.

»Wovon spricht sie denn?«, wunderte sich Silke.

Hannah zuckte mit den Schultern. »Wenn ich das wüsste! Sie behauptet schon, seit wir das Haus besichtigt haben, das Haus würde von einem Engel beschützt, deshalb wollte sie auch unbedingt hier einziehen.«

»Von einem Engel?« Silke schmunzelte. »Nun, ich kann mir Schlimmeres vorstellen. Wie sieht dieser Engel denn aus, Paula?«

»Na, wie Engel eben aussehen«, antwortete das Mädchen mit ernstem Gesicht. »Mit Flügeln und Licht und so. Aber dieser Engel ist auch ein Hund.«

»Ein was bitte?« Hannah und Silke blickten sie überrascht an.

Paula nickte. »Ja, der Weihnachtsengel ist ein Hund. Und er passt auf uns auf.«

»Also, ich habe noch nie von einem Hundeengel gehört. Und Weihnachten ist doch erst in knapp zwei Monaten«, meinte Silke skeptisch.

»Na und? Er ist aber hier«, beharrte Paula. »Und zu Weihnachten muss er bestimmt wieder in den Himmel, deshalb ist er schon früher gekommen.« Sie trank ihren Kakao in einem Zug aus und wischte sich mit dem Handrücken über den Mund.

»Paula, bitte! Geh und wasch dir die Hände«, tadelte Hannah.

Ihre Tochter stand gehorsam auf und verschwand in der Küche. Als sie zurückkam, hielt sie die Einladung zu dem Halloween-Fest in der Hand. »Mama, da gehen wir doch hin, oder? Mario hat gesagt, er kommt auch, und das wird ganz lustig mit Spielen und Gespenstern und so.«

»Wer ist Mario?«, fragte Hannah und nahm Paula das Schreiben aus der Hand.

»Mario ist mein Freund.«

»Ach?«

»Er ist in meiner Gruppe und ganz ganz nett. Till und Mareike mag ich auch, aber Mario hat viel länger mit mir gespielt.«

»Aha«, sagte Silke. »Ich sehe schon, deine Tochter macht wesentlich schneller männliche Bekanntschaften als du. Vielleicht sollte sie dir mal zeigen, wie das geht.«

»Nun hör endlich auf«, wehrte Hannah empört ab. »Ich werde schon nicht als Einsiedlerin enden, aber mit einer kleinen Tochter hat man es eben nicht so leicht, einen Mann zu finden. Die meisten nehmen da schnell wieder Reißaus.«

»Alles Quatsch«, befand Silke. »Alleinerziehende Väter, so lautet das Zauberwort. Denk darüber nach und geh zu dieser Feier.«

»Also erstens waren das zwei Wörter, und zweitens habe ich doch schon gesagt, dass wir hingehen werden.«

»Au ja, toll, Mama. Das erzähle ich morgen gleich Mario! Als was gehen wir denn?«

»Das weiß ich noch nicht. Darüber sollten wir uns heute Abend unterhalten, ja?«, schlug Hannah vor.

»Herrje, ich muss ja wieder los!«, rief Silke nach einem Blick auf die Uhr. »Ich habe doch versprochen, heute Abend auf die trächtigen Katzen aufzupassen.«

Sie standen auf und gingen zur Tür. Silke drückte Hannah kurz an sich und trat dann auf die Straße. »Ich rufe dich an, okay? Und sag Bescheid, wenn du noch mal Hilfe mit den Schränken brauchst. Georg wird dir bestimmt gerne helfen.«

»Ja, ich werde daran denken. Bis bald!« Hannah winkte ihrer Freundin kurz nach, dann ging sie wieder ins Haus. »Paula? Hilfst du mir dabei, die restlichen Küchenutensilien auszupacken und in die Schränke zu räumen?«

»Mama, Mama, komm schnell und guck mal!«

Hannah warf erschrocken das Küchenhandtuch neben die Spüle und rannte in den Flur. »Was ist passiert, Paula?«

Das Mädchen hatte die Haustür geöffnet, weil sie den Müll zu den Tonnen hatte hinausbringen wollen. Doch der Eimer stand vergessen auf der obersten Treppenstufe, und das Mädchen hockte vor einem schwarz-beige gescheckten Hund, der direkt vor der Haustür saß und sich streicheln ließ.

Verblüfft schaute Hannah auf das Tier, dann zog sie ihre Tochter schnell am Arm zu sich. »Paula, pass auf! Du sollst doch nicht einfach einen fremden Hund anfassen. Er könnte beißen ...«

»Das ist der Weihnachtsengel, Mama! Ich hab doch gesagt, dass er hier ist. Kann ich ihn mit reinnehmen?«

»Auf gar keinen Fall!« Hannah schüttelte entschieden den Kopf. »Paula, das ist ein Hund, und der gehört bestimmt irgendjemandem. Vielleicht einem unserer Nachbarn.« Sie beugte sich nun ebenfalls über den Hund und betrachtete ihn aufmerksam. »Wo wohnst du, mein Hübscher? Geh schnell wieder nach Hause!«

Doch der Hund hechelte nur leicht, dass es aussah, als lächle er, und wedelte mit dem Schwanz.

»Siehst du, er will hierbleiben«, rief Paula und streichelte dem Tier doch wieder über den Kopf. Da es nicht bösartig zu sein schien, ließ Hannah sie gewähren, behielt den Hund jedoch argwöhnisch im Auge. »Paula, wir müssen ihn seinem Besitzer zurückbringen.« Sie blickte prüfend zur Straße, doch weit und breit war niemand zu sehen.

»Er trägt ein Halsband«, sagte Paula. »Guck, da steht was drauf. B… Bi… Mama, was steht hier?«

Hannah betrachtete das Halsband näher. Auf einer kleinen, schon leicht angelaufenen und am Rand abgebrochenen silbernen Marke war ein Name eingraviert.

»Da steht ›Billa‹. Dann scheint er wohl eine Hündin zu sein. Leider keine Adresse.«

»Billa ist aber ein schöner Name«, befand Paula. »Hast du Hunger, Billa?«

»Nun warte mal«, sagte Hannah. »Ich gehe jetzt zu den Nachbarn und frage, wem der Hund gehört.«

»Ich will aber nicht, dass Billa weggeht!«

»Paula!« Hannah sah ihrer Tochter streng in die Augen. »Du bleibst hier! Ich bringe den Hund zu den Nachbarn. Bestimmt sucht ihn sein Besitzer schon.«

Paula nickte unglücklich und blieb an der Haustür stehen, während Hannah die Hündin am Halsband nahm. Billa ließ sich gehorsam zur Straße führen.

Doch nachdem Hannah bei drei Nachbarn erfolglos nachgefragt hatte, blieb sie ratlos vor ihrer Gartenpforte stehen.

»Was mache ich denn jetzt mit dir?« Sie blickte nachdenklich auf die Hündin hinab, die sie erneut anzulächeln schien. »Offenbar kennt dich hier niemand. Wem bist du denn bloß weggelaufen?«

Billa blinzelte und legte den Kopf auf die Seite. Dann blickte sie nach oben zum Himmel. Unwillkürlich folgte Hannah ihrem Blick und beobachtete für einen Moment die vorbeiziehenden Wolken.

»Mama, was ist denn jetzt mit Billa? Darf sie doch hierbleiben?«, rief Paula von der Tür.

Hannah brachte den Hund wieder zur Haustür. »Tja, ich weiß nicht so recht. Am besten rufe ich Silke an und frage sie, was da zu tun ist. Vielleicht ist der Hund von seinem Besitzer ausgesetzt worden.«

»Kann ich Billa dann behalten?«

»Ich frage jetzt erst mal, ob ich sie ins Tierheim bringen soll. Und dann kümmern wir uns darum, den Besitzer zu finden. Wahrscheinlich ist sie irgendwo ausgerissen.«

»Ich bringe Billa in die Küche. Bestimmt hat sie Hunger. Was frisst sie denn? Wir haben ja gar kein Hundefutter.«

»Wir geben ihr nur Wasser. Im Tierheim gibt es genug Hundefutter«, entschied Hannah und sah zu, wie ihre Tochter mit der Hündin in die Küche ging. Dann griff sie nach dem Telefon.

3. *Kapitel*

Billa scheint sich ja bei euch ganz wohlzufühlen«, stellte Silke am übernächsten Vormittag bei einem kurzen Besuch fest. »Und sie sieht ja auch ganz gesund aus.«

»Frau Dr. Bensen meinte, sie sei sehr gepflegt und habe laut Marke an ihrem Halsband alle Impfungen. Ich habe gestern eine Anzeige in die Tageszeitung setzen lassen, aber bisher hat sich noch niemand gemeldet; auch nicht auf die

Plakate hin, die ich mit Paula zusammen in der Gegend aufgehängt habe.« Hannah zuckte mit den Schultern. »Paula gefällt es natürlich, dass wir die Hündin solange in Pflege nehmen dürfen. Aber mir graut schon vor dem Tag, an dem der Besitzer Billa holen kommt.«

»Eine Weile werdet ihr noch warten müssen. Wir haben sie jedenfalls auf der Internetseite des Tierheims mit Bild aufgenommen. Wenn sich wirklich niemand melden sollte, könnt ihr Billa bestimmt in Dauerpflege nehmen und nach einer Weile ganz behalten. Das heißt, wenn du damit einverstanden bist.«

»Warum nicht? Ich habe ja schon gesagt, dass ich darüber nachdenke, ein Haustier anzuschaffen. Ich dachte zwar eher an eine Katze, aber warum nicht auch einen Hund?« Hannah lächelte. »Auf diese Weise komme ich auch jeden Tag an die frische Luft.«

»Ja, so ein Hund braucht viel Bewegung. Dem Aussehen nach steckt da ein Labrador drin, vielleicht auch ein Hütehund. Das sind sehr intelligente Rassen.« Silke blickte auf ihre Uhr. »Ich muss wieder los. Bestell Paula einen schönen Gruß von mir. Ich melde mich wieder, ja?« Sie winkte noch einmal und ging zu ihrem Auto.

Hannah griff nach ihrer Jacke und der neuen Lederhundeleine, die sie am Vortag zusammen mit ein paar Dosen Hundefutter gekauft hatte. »Na komm, Billa, dann lass uns mal spazieren gehen. Und auf dem Rückweg holen wir Paula vom Kindergarten ab.«

Bei dem Namen »Paula« wedelte Billa freundlich mit dem Schwanz. Sie ließ sich anleinen und ging dann folgsam neben Hannah her die Straße entlang.

Hannah hatte ihr halblanges Haar unter einer Mütze verborgen und schlug nun auch noch den Kragen ihrer Jacke hoch. Doch trotz der Kälte genoss sie den Anblick der weiß bereiften Sträucher und Bäume im nahegelegenen Park, die im Licht der goldenen Spätoktobersonne glitzerten. Wer weiß, wie lange sich das Wetter noch halten würde. Der November war nicht mehr fern, und mit ihm würden vermutlich viele triste und regnerische Tage gekommen. Hannah würde sich diese Zeit mit Kerzen und bunten Fensterbildern erhellen. Außerdem wollte sie dieses Jahr versuchen, ihre Weihnachtseinkäufe so früh wie möglich zu erledigen.

Die Parkwege lagen verlassen da; um diese Uhrzeit, kurz vor Mittag, hatte wohl kaum jemand Zeit, spazieren zu gehen. Auch Hannah schweifte mit ihren Gedanken zu ihrer Arbeit. Bisher hatte sie erst einen Auftrag für ihr neu gegründetes Architekturbüro an Land ziehen können. Zu wenig, doch wenn alles gut klappte, würde der Kunde sie sicherlich weiterempfehlen, und dann hätte sie auch genügend Geld für die Geschenke, die sie gerne kaufen wollte. Gedankenverloren blickte sie über den kleinen Ententeich, in dem sich die Sonne glitzernd spiegelte.

Plötzlich bellte Billa laut und freudig, und Hannah erschrak, als die Hündin lospreschte und ihr die Leine mit einem Ruck aus der Hand riss.

»Halt, Billa! Wo willst du denn hin?« Sie lief hinter ihr her, blieb aber gleich wieder stehen und beobachtete verblüfft, wie das Tier auf ein an der Straße geparktes Auto zurannte und den Mann, der gerade ausgestiegen war, freudig umtänzelte.

»Na, wenn das nicht der Besitzer ist«, schmunzelte Hannah und ging langsam auf den Fremden zu. Als sie sein Gesicht erkennen konnte, merkte sie jedoch, dass der Mann offenbar zutiefst erschrocken war.

Eilig rannte sie die letzten Schritte. »Entschuldigen Sie, Billa ist mir einfach ausgerissen, als sie Sie sah«, begann sie und musterte den Mann neugierig. Er war mehr als einen halben Kopf größer als sie, schlank und wirkte sehr sportlich. Die schwarzen Jeans, Wanderschuhe und das am Kragen schon etwas abgeschabte Holzfällerhemd unter seiner Cordjacke ließen darauf schließen, dass er nicht gerade Pause von einem Bürojob machte.

Etwas verwirrt blickte er sie an. »Billa?«

»Mein ... der Hund ... Entschuldigen Sie bitte«, wiederholte Hannah. »Ich dachte, Sie seien vielleicht der Besitzer, weil Billa so freudig zu Ihnen gelaufen ist.« Als sie merkte, dass er ihr nicht folgen konnte, fügte sie hinzu: »Billa ist uns vor ein paar Tagen zugelaufen, und wir suchen jetzt nach dem Besitzer.«

»Ach.« Er fuhr sich, anscheinend noch immer verwirrt, durch sein kurzes blondes Haar.

»Sie sind also ganz offensichtlich nicht Billas Herrchen.«

»Ich? Nein.« Nun sah der Mann sie zum ersten Mal richtig an und lächelte. »Nein, das bin ich nicht. Ich war nur etwas überrascht, weil ... Der Hund sieht aus, wie ... Na ja, es klingt verrückt, aber meine Großeltern hatten eine Hündin, die haargenau so aussah. Ist schon sehr lange her. Und sie hieß Sybilla.«

»Das ist wirklich ein Zufall«, stimmte Hannah zu und lächelte zurück. »Ich frage mich nur, warum sie zu Ihnen gerannt ist, wenn sie Sie nicht kennt.«

Er hob die Schultern. »Tiere tun manchmal die merkwürdigsten Dinge. Gehen Sie oft hier spazieren?«

»Ich bin mit meiner Tochter gerade erst in die Stadt gezogen«, antwortete sie und biss sich sofort verärgert auf die Lippen.

Der Mann hatte ihren Gesichtsausdruck wohl bemerkt, denn er musterte sie aufmerksam. »Stimmt etwas nicht?«

Hannah schüttelte den Kopf und lachte dann über sich selbst. »Nein, es ist nichts. Aber meine Freundin Silke hätte mir jetzt vermutlich einen Tritt gegen das Schienbein verpasst. ›Erzähle nicht gleich im ersten Atemzug, dass du eine Tochter hast und alleinerziehend bist!‹ Das predigt sie mir ständig.«

»Ist das denn ein Verbrechen?« Der Mann schmunzelte. »Aber wenn es die Angelegenheit entschärfen sollte, gebe ich am besten gleich zu, dass ich ebenfalls einen Sohn habe.«

»So?«

»Und dass ich alleinerziehender Vater bin.« Er zwinkerte ihr zu. »Von solchen Bemerkungen lasse ich mich also nicht so leicht in die Flucht schlagen.« Er streckte die Hand aus. »Leon Marbach.«

Nun doch etwas verlegen ergriff sie seine Hand. »Hannah Mayer.« Sie hielt kurz inne. »Verrückt, bisher dachte ich immer, Mayer sei ein Allerweltsname. Aber …«

Er grinste. »Vermutlich haben Sie das Telefonbuch aufgeschlagen und die anderthalb Seiten füllenden Einträge unter ›Marbach‹ entdeckt. Ungeheuerlich, ich weiß. Und dabei sind wir noch nicht einmal alle miteinander verwandt. Aber Mayers gibt es bei uns auch einige – in allen Schreibweisen.«

Billa, die sich inzwischen wieder brav neben Hannah gesetzt hatte, stand auf und begann, die beiden zu umtänzeln.

Hannah hob die Leine vom Boden auf. »Ich muss jetzt weiter, meine Tochter vom Kindergarten abholen.«

»Der städtische Kindergarten?«

»Ja, warum?«

»Dann sehen wir uns ja bald wieder.« Er blinzelte ihr erneut zu. »Ich gehe doch davon aus, dass Sie sich die große Halloween-Feier nicht entgehen lassen werden?«

»Nun sagen Sie bloß, Ihr Sohn ...«

»... ist in der Eulengruppe, ja. Er ist fünf.« Sein Grinsen wurde zu einem intensiven Lächeln. »Dann sehen wir uns also dort?«

4. Kapitel

Ach herrje, was ist das denn?« Hannah versuchte, den Wasserhahn in dem kleinen Gästebad zuzudrehen, doch das Tropfen hörte nicht auf. »Das fehlte jetzt aber gerade noch. Da ist wohl die Armatur kaputt. Die Dichtung habe ich doch gestern erst ausgetauscht!« Sie seufzte. »Paula, bring mir doch bitte mal das Telefon, ja!«

Paula, die im Flur mit Billa gespielt hatte, stand vom Boden auf und rannte in die Küche. Augenblicke später kam sie mit dem Telefon zurück. »Wen rufst du denn an, Mama?«

»Unseren Vermieter, Herrn Marbach. Ich hoffe, heute hat er besseren Empfang mit seinem Handy. Obwohl ich glaube, es wäre besser, wenn ich gleich selbst den Klempner hole.« Sie runzelte die Stirn. »Nein, wir sind gerade erst eingezogen, da sollte er schon wissen, wenn etwas kaputt ist.«

»Mama, der Mario heißt auch Marbach.«

»Ich weiß, hier in der Stadt heißen ganz viele Leute so.« Hannah wählte und legte dann den Finger an die Lippen.

Paula grinste und ging wieder zu Billa, die abwartend mitten im Flur saß.

»Marbach?«

»Ja, guten Tag, Herr Marbach. Hier ist noch mal ... huch!« Erschrocken hielt Hannah den Hörer ein Stück von ihrem Ohr weg, da es am anderen Ende rauschte und knackte. Dann schien der Motor einer großen Maschine anzuspringen. Sie runzelte die Stirn. »Entschuldigung, hier ist noch einmal Ihre neue Mieterin. Tut mir leid, wenn ich Sie schon wieder stören muss, aber die Armatur in unserem Gästebad ist undicht.«

Wieder rauschte es in der Leitung, dazwischen hörte sie ein paar Sprachfetzen.

»Wie bitte?«

»... Dichtung auswechseln.«

»Das habe ich schon gemacht, aber es hat nichts geholfen«, antwortete sie. »Wahrscheinlich muss die ganze Armatur ausgewechselt werden. Soll ich ... Was?«

»... schon wieder! ...kel schicken. Ich habe wirklich gerade keine ...«

»Hören Sie, Herr Marbach? Ich kann Sie nur sehr schlecht verstehen. Ich könnte selbst einen Klempner ...«

»Nein ... Verdammt! Ich schicke Ihnen ... Dann ... in Ruhe arbeiten ...« Wieder rauschte es und im Hintergrund heulte ein zweiter Motor auf.

»Du liebe Zeit! Ich wollte sie wirklich nicht belästigen.« Hannah zog verärgert die Stirn in Falten. »Wo stecken Sie denn? Es ist so laut bei Ihnen.«

»... Arbeit, wo sonst? Ich werde nachher ... schicken.«

»Also gut, aber ich kann heute nicht ...« Doch die Verbindung war bereits unterbrochen.

Verblüfft starrte Hannah den Hörer an. »Ich muss doch später noch zu meinem Kunden wegen der Bauzeichnung.« Sie schüttelte den Kopf. »Den Termin kann ich nicht einfach absagen, weil ich auf den Klempner warten muss.« Wieder seufzte sie und schaute genervt auf die Uhr.

»So ein Mist!«, fluchte er und schob sein Handy in die Brusttasche seiner Jacke. Dann wandte er sich wieder dem Tieflader zu, den er auf der schmalen Straße einzuweisen hatte. Der Ladekran auf dem LKW daneben machte einen ziemlichen Lärm. Er winkte dem Fahrer, der daraufhin zu ihm gelaufen kam. »Kann es sein, dass mit dem Kran etwas nicht stimmt? Der macht doch sonst nicht so einen Höllenlärm!«, rief er ihm zu.

Der Fahrer zuckte mit den Schultern. Ja, mit dem Getriebe ist was nicht in Ordnung oder mit der Hydraulikpumpe«, rief er zurück. »Ich lasse das nachher durchchecken.«

Er nickte und winkte dem Fahrer, wieder zu seinem LKW zurückzukehren. Ausgerechnet heute musste diese Frau ihm schon wieder auf den Geist gehen. Als ob er den Nerv für eine kaputte Armatur hätte. Wenn das so weiterging, konnte er gleich eine Telefonzentrale für sie einrichten.

Er winkte den Tieflader langsam um eine Ecke. Schon lange war er nicht mehr in dem alten Haus gewesen. Hoffentlich gab es dort nicht noch mehr marode Ecken. Er wollte am liebsten mit diesem ganzen Haus nichts mehr zu tun haben – und mit dieser lästigen Mieterin, deren Namen er schon wieder nicht mitbekommen hatte, schon gleich gar nicht.

Nachdem der Tieflader an seinem Bestimmungsort angekommen war und das Motorengeräusch verklang, zog er erneut sein Handy hervor und tippte eine Nummer ein.

»Onkel Richard? Ich bin's. Wie? Ja, ich weiß, dass ich hier schlechten Empfang habe. Könntest du mir wohl noch einmal einen Gefallen tun?«

5. *Kapitel*

Mama, guck mal, da ist Mario!«, rief Paula und zupfte Hannah am Ärmel ihres Hexenkostüms. »Da, der Pirat!«

Hannah ließ ihre Blicke über die versammelten Kinder und Eltern gleiten und entdeckte schließlich einen kleinen blonden Jungen mit Stirnbinde und Augenklappe.

»Na, dann geh mal zu ihm, kleine Hexe!« Sie lachte und sah ihrer Tochter zu, wie sie quer durch den Raum auf Mario zurannte. Dabei zupfte sie gedankenverloren an ihrem eigenen Kostüm herum. Dass sich die Eltern zu dieser Feier ebenfalls verkleiden sollten, fand sie ein wenig übertrieben, andererseits auch lustig, wenn sie sich so ansah, welchen Aufwand einige Mütter oder Väter dabei betrieben hatten.

»Man könnte meinen, wir wären auf einer Karnevalsveranstaltung, nicht wahr?«, sagte eine männliche Stimme hinter ihr.

Erschrocken drehte sie sich um und sah sich Leon Marbach, ebenfalls mit Stirnbinde und Augenklappe, gegenüber. Sie musterte ihn überrascht, denn sein Kostüm glich exakt dem seines Sohnes, und an seiner Hüfte baumelte ein Spielzeugsäbel.

»Das Werk meiner Tante.« Er lächelte. »Sie ist Schneiderin.« Er warf einen Blick auf seinen Sohn, der inzwischen mit Paula und einem weiteren Jungen durch den Raum rannte. »Die freche Hexe da muss Ihre Tochter sein. Sie sieht Ihnen sehr ähnlich.«

»Ja, vor allem in diesem Kostüm.« Hannah lächelte.

»Nein. Oder, ja, natürlich. Aber sie hat die gleichen Haare und das gleiche Gesicht.« Er hielt kurz inne. »Ein hübsches Gesicht.«

Verlegen wich sie seinem Blick aus und sah ebenfalls den Kindern zu. »Ich wette, das sagen Sie zu allen alleinerziehenden Müttern.«

»Nur, wenn es der Wahrheit entspricht.« Wieder lächelte er. »Abgesehen davon leben in dieser Stadt nicht allzu viele alleinerziehende Mütter mit hübschen Gesichtern.«

»Nicht?«

»Nein. Möchten Sie etwas trinken? Da drüben gibt es Teufelspunsch.«

»Was?«

»Teufelspunsch. Den müssen Sie probieren. Bin gleich wieder hier.« Schon war er auf dem Weg zu dem kleinen Buffet, auf dem die Erzieherinnen und einige der Mütter Berge von Leckereien und Getränken aufgebaut hatten.

»Ein äußerst attraktiver Pirat, was?«, sagte eine junge Frau neben Hannah und zwinkerte ihr verschwörerisch zu. »Ich sage Ihnen, wenn ich nicht glücklich verheiratet wäre ...« Sie verdrehte übertrieben die Augen und lachte dann herzlich. »Sie müssen Paulas Mutter sein, nicht wahr? Ich bin Renate Marbach, Vorsitzende des Elternbeirats. Meine Zwillinge sind in der gleichen Gruppe wie Ihre Tochter.«

»Noch eine Marbach!«, entfuhr es Hannah, und sie schlug erschrocken eine Hand vor den Mund, doch Renate schien das nicht zu kümmern. »Und nicht die Einzige in diesem Raum. Leon dort drüben und Anita heißen ebenfalls so.« Sie deutete auf eine der Erzieherinnen. »Aber wir sind nicht verwandt oder verschwägert. Dieser Nachname ist hier so was wie eine Seuche.« Sie grinste. »Oha, der Pirat kommt zurück. Kennen Sie ihn näher? Nicht? Na, ich wünsche Ihnen noch ein schönes Fest. Vielleicht möchten Sie ja, wenn Sie sich eingelebt haben, auch im Beirat mitmachen?«

»Vielleicht«, meinte Hannah unbestimmt, doch da war Renate bereits weitergezogen. Aus den Augenwinkeln sah sie, wie die Frau auf eine der anderen Mütter einredete und dabei in ihre Richtung blickte.

»In der Gerüchteküche köchelt es bereits«, sagte Leon, als er ihr eines der Punschgläser reichte. »Ich hoffe, Sie nehmen es Renate nicht übel, aber vermutlich wird innerhalb der nächsten zwanzig Minuten der gesamte Raum wissen, dass Sie sich mich geangelt haben.«

»Dass ich was?« Erschrocken sah sie ihn an.

»Na, vielleicht war es auch andersherum, wer weiß?« Leon lachte leise. »Der Elternbeirat – oder sollte ich in diesem Fall besser ›Mütterbeirat‹ sagen – fungiert hier auch als eine Art Nachrichtenübermittlungsstelle. Aber keine Angst – sie sind harmlos.«

»Es lag nicht in meiner Absicht, mir irgendjemanden zu angeln. Sie eingeschlossen«, sagte Hannah spröde.

Leon nickte. »Sie wissen das, und ich weiß das. Aber eine erfundene Romanze ist für Renate und die anderen immer noch interessanter als gar keine. Wie finden Sie den Punsch?«

Hannah nippte an ihrem Glas und hob überrascht die Brauen.

Leon schmunzelte. »Mein Werk. Tomatensaft und Orange und ein bisschen schwarzweiße Magie.«

Als am anderen Ende des Raumes ein Glöckchen klingelte, zwinkerte er ihr zu. »Die Spiele fangen an. Geben wir dem Gerüchtesüppchen noch ein wenig Würze und schauen gemeinsam zu, oder haben Sie Angst, in Verruf zu geraten?«

Hannah war wirklich weit davon entfernt, sich einen Mann angeln zu wollen, dennoch genoss sie die Halloween-Feier und Leons Gegenwart. Obwohl es sonst nicht ihre Art war, nahm sie sogar seine Einladung an, nach dem Fest mit den Kindern noch eine Kleinigkeit essen zu gehen.

Nun saßen sie zu viert an einem ovalen Nischentisch bei McDonald's; Paula und Mario teilten sich ein Tablett, auf dem in kürzester Zeit ein wirres Durcheinander von Pommes frites, Servietten und Cheeseburgern herrschte.

»Wie geht es denn Ihrem vierbeinigen Schützling?«, fragte Leon, während er für Mario ein Tütchen Mayonnaise aufriss.

Hannah zuckte mit den Schultern. »Gut, denke ich. Billa ist ein sehr pflegeleichter Hund. Obwohl ...«

»Obwohl?«

»Sie kommt mir manchmal irgendwie seltsam vor. Fast so, als verstehe sie alles, was wir zu ihr sagen.«

»Tiere verstehen mehr, als wir glauben«, warf er ein, doch Hannah schüttelte den Kopf.

»Billa ist mir manchmal richtig unheimlich, sie ...«

»Billa ist ein Weihnachtsengel!«, rief Paula dazwischen und biss in ihren Burger. »Und sie passt auf uns auf«, setzte sie mit vollem Mund hinzu.

»Bitte, Paula, erst kauen und schlucken«, wies Hannah sie zurecht.

»Ein Weihnachtsengel? Im Oktober?«, fragte Leon.

Paula nickte so heftig, dass ihr Pferdeschwanz wild auf und ab wippte. Sie kaute und schluckte aber gehorsam, bevor sie weitersprach: »Sie ist bis Weihnachten der Engel von unserem Haus und passt auf, dass uns nichts passiert. Und sie bringt uns Glück.«

»Ich habe noch nie etwas von einem Engel in Hundegestalt gehört«, meinte Leon.

»Ist aber so«, beharrte Paula und schob sich zwei Pommes frites in den Mund.

»Nun, Glück kann man ja immer brauchen, nicht wahr?«, sagte er zu Hannah gewandt. »Aber muss denn auch jemand auf Sie aufpassen?«

»Bisher sind wir ganz gut allein zurechtgekommen«, antwortete sie und spielte mit einer Serviette herum.

Was tat sie hier eigentlich? Ließ sich und ihre Tochter von einem wildfremden Mann zum Essen einladen und ... flirtete?

»Stimmt etwas nicht?«

Silke wäre vermutlich stolz auf sie.

»Nein, nein, alles okay.« Sie versuchte zu lächeln. »Ich dachte nur gerade daran, dass wir der Gerüchteküche vielleicht ein bisschen zu viel Nahrung geben.«

»Indem wir mit zwei kleinen Kindern an einem Ort essen, an dem es kein Besteck gibt?« Leon lächelte. »Ich glaube, darin besteht keine besonders große Gefahr. Denn schließlich wollen Sie sich ja niemanden angeln, oder?«

»Nicht im Geringsten.«

»Sehen Sie, und wenn ich das wollte, würde mein Köder bestimmt nicht aus fettigen Burgern bestehen, die in Papier eingewickelt serviert werden.« Er klappte die Pappschachtel auf, die seinen Burger enthielt. »Was machen Sie denn beruflich?«

»Ich bin Architektin.« Hannah trank einen Schluck von ihrer Cola. »Erst vor zwei Monaten habe ich mich selbständig gemacht. So kann ich von meinem eigenen Büro aus arbeiten und brauche für Paula keinen Betreuungsplatz zu suchen. Und Sie?«

»Förster«, sagte er knapp und prostete ihr mit seinem Pappbecher zu. »Ich bin für die Wälder rund um die Stadt zuständig.«

Hannah sah ihn überrascht an. »Ein interessanter Beruf. Ich habe noch nie einen Förster kennengelernt.«

»Sehen Sie, dann wurde es doch Zeit. Mögen Sie den Wald?«

»Sehr.« Hannah nickte. »Als Kind bin ich mit meiner Freundin Silke viel im Wald herumgestreift. Doch die letzten Jahre habe ich ... haben wir nur in der Großstadt gelebt, seit meinem Studium. Ich bin ganz froh, jetzt wieder in einer Kleinstadt gelandet zu sein.«

Er nickte. »Vielleicht machen wir ja alle zusammen einmal einen Waldspaziergang.« Er stieß Mario an. »Was meinst du – zeigen wir Paula und ihrer Mama mal unser Baumhaus?«

»Au ja!« Mario klatschte mit beiden Händen auf die Tischplatte. »Unser Baumhaus ist toll. Papa hat es ganz allein gebaut, und ich habe geholfen. Können wir gleich hin?«

»Nein.« Leon lachte. »Es ist doch schon fast dunkel. Aber vielleicht am Samstag?« Erwartungsvoll sah er Hannah an.

Paula fasste sie am Arm und hüpfte aufgeregt auf ihrem Stuhl auf und ab. »Au ja, Mama. Bitte, bitte!«

Hannah seufzte ergeben. »Also gut, Paula.«

Ihre Tochter stieß ein begeistertes Geheul aus, während sich Hannah an Leon wandte. »Aber nur, wenn es Ihnen keine Umstände macht.«

»Keineswegs. Wir freuen uns immer über Besuch, nicht wahr, Mario?«

Doch Mario hörte nicht mehr zu. Er redete bereits auf Paula ein und beschrieb ihr in allen Einzelheiten, wie sein Baumhaus aussah.

Leon trank seinen Rest Cola aus und räumte dann die verstreuten Burgerverpackungen zusammen. »So gegen zwei? Wenn Sie möchten, hole ich Sie gerne ab.«

Hannah dachte an ihr Haus, das bisher noch alles andere als einladend wirkte, und wehrte entschieden ab. »Das ist nicht nötig. Wenn Sie mir sagen, wo Sie wohnen, werden wir schon hinkommen.«

Leon nickte, zog ein Stück Papier und einen Stift aus seiner Jackentasche und schrieb ihr die Adresse auf. »Das Forsthaus ist leicht zu finden. Es liegt gleich am Waldrand. Wenn Sie aus der Stadt hinausfahren, gibt es nur eine Straße, die direkt darauf zuführt.«

Sie standen auf und brachten ihre Tabletts weg. Dann hielt Leon Hannah und Paula die Tür auf. »Es war ein sehr netter Nachmittag.«

Hannah nickte und zog den Reißverschluss an Paulas Anorak zu. »Das war es wirklich. Danke noch mal für die Einladung zum Essen.«

»Keine Ursache. Und denken Sie daran: Das war kein Köder.« Er zwinkerte, nickte ihr noch einmal zu und ging, Mario an der Hand, davon.

»Paulas Mama ist nett«, hörte sie Mario sagen.

»Das ist sie«, antwortete Leon.

»Paula ist meine Freundin«, zwitscherte der Junge weiter. »Ist ihre Mama deine Freundin?«

»Bisher nicht«, antwortete Leon ihm.

Was er weiter sagte, konnte Hannah nicht mehr verstehen. Sie sah ihm einen Augenblick nach, doch Paula zupfte bereits an ihrem Ärmel.

»Mama, Billa, wartet bestimmt schon auf uns. Darf ich sie zu Mario mitnehmen?«

6. Kapitel

Warum?«, fragte Mario.

»Was warum?« Leon bemühte sich nach Kräften, sich nicht noch einmal zu Hannah und Paula umzudrehen. Es war besser, nicht gleich zu viel Interesse zu zeigen. Schon gar nicht bei einer so attraktiven Frau wie Hannah, die anscheinend genau wusste, was sie wollte. Eine Männerbekanntschaft schien nicht dazuzugehören. Möglicherweise war sie ja auch bereits liiert, auch wenn sie nichts dergleichen angedeutet hatte.

»Warum ist Paulas Mama nicht deine Freundin?«

Leon riss sich von seinen Gedanken los und blickte seinem Sohn ins Gesicht. »Weil ... Erwachsene sich nicht so schnell anfreunden wie Kinder.«

»Warum nicht?« Mario ließ seine Hand los und rannte ein paar Schritte voraus, kehrte jedoch gleich wieder um und hüpfte neben seinem Vater her.

Leon seufzte. »Das ist schwer zu erklären, Mario. Erwachsene sind viel vorsichtiger als Kinder und brauchen länger, um herauszufinden, ob sie jemanden mögen oder nicht.«

»Weißt du denn nicht, ob du sie magst?« Mario blickte neugierig zu ihm auf.

Leon ließ sich Zeit mit seiner Antwort, denn ihm war tatsächlich noch nicht ganz klar, was er von Hannah halten sollte. Vielleicht war er auch einfach schon viel zu lange alleine, um seine Reaktion auf sie richtig einschätzen zu können. Und möglicherweise gefiel ihm das Ergebnis seiner Überlegungen auch gar nicht.

»Was denn jetzt?«, drängelte Mario ungeduldig.

»Ich finde sie sehr nett und ... ja, ich denke, ich mag sie

auch«, rang er sich zu einer Antwort durch, weil er wusste, dass sein Sohn sonst keine Ruhe geben würde. »Das muss aber noch lange nicht heißen, dass sie meine Freundin ist. Und im Übrigen wissen wir ja auch gar nicht, ob sie das sein möchte, nicht wahr?«

»Ich kann sie ja am Samstag fragen«, schlug Mario eifrig vor.

Leon lachte. »Nein, das lässt du schön bleiben. Komm, lass uns noch auf einen Sprung bei Tante Agnes reinschauen und ihr erzählen, wie toll unsere Kostüme heute angekommen sind.«

»Mama, Billa ist weg!« Paula rannte aufgeregt durch das Haus, nachdem Hannah die Tür aufgeschlossen hatte.

»Vielleicht hat sie sich irgendwo versteckt«, meinte Hannah und zog ihre Jacke aus. »Sie kann doch gar nicht aus dem Haus heraus. Hast du unter deinem Bett nachgesehen?«

Paula kam die Treppe herabgesprungen und schüttelte den Kopf. »Sie ist nicht da, Mama. Bestimmt ist sie kurz in den Himmel hochgeflogen. Engel können das, und sie können auch durch Wände gehen, wenn sie wollen.«

»Das ist doch Unsinn, Paula«, erwiderte Hannah und machte sich selbst auf die Suche. Doch Paula hatte recht, die Hündin war nirgends zu finden. Die Näpfe mit Futter und Wasser standen unberührt neben dem Heizkörper in der Küche.

Hatten sie vor ihrem Fortgehen versehentlich kurz die Tür offen stehenlassen? Und war Billa dabei heimlich entwischt? Es musste wohl so sein.

Mit gerunzelter Stirn überlegte sie, ob sie Silke oder das Tierheim verständigen sollte, doch dann entschied sie sich dagegen. Vielleicht tauchte Billa ja wieder auf. Falls nicht, war morgen früh noch Zeit, dort Bescheid zu geben.

Sicherheitshalber öffnete sie die Hintertür und trat in den Garten hinaus, doch das wenige Licht, das aus dem Flur auf die kleine Wildnis fiel, reichte nicht, um etwas zu erkennen. Im Stillen nahm sich Hannah vor, eine Außenlampe anbringen zu lassen.

»Billa?«, rief sie leise. »Bist du hier draußen irgendwo?«

Sie lauschte, hörte jedoch nur das Fiepen und Rascheln einer Maus. Die Äste des alten Ahornbaumes an der Ecke ihres Grundstücks knarrten, und der auffrischende Wind wirbelte gelbe und braune Blätter auf.

Fröstelnd rieb sie sich die Arme und ging eilig zurück ins Haus, als die ersten Regentropfen fielen. Ein Blick auf ihre Armbanduhr ließ sie einen verblüfften Laut ausstoßen. »Liebe Zeit, es ist ja schon nach acht!« Sie ging ins Wohnzimmer, wo Paula es sich im Schneidersitz vor dem Fernseher bequem gemacht hatte.

Hannah griff nach der Fernbedienung und schaltete das Gerät wieder aus. »Um diese Uhrzeit wird nicht mehr ferngesehen, Paula. Das weißt du doch. Du gehst jetzt ins Bett. Zieh dir den Schafanzug an und putz dir die Zähne!«

»Och Mensch! Ich wollte doch warten, bis Billa zurückkommt.« Paula machte ein enttäuschtes Gesicht.

Hannah schüttelte entschieden den Kopf. »Wir wissen doch gar nicht, ob und wann sie zurückkommt. Und du musst morgen früh in den Kindergarten und ausgeschlafen sein.«

»Aber ...«

»Kein Aber! Ich kann doch auch auf sie warten, oder?«

»Schon ...«

»Wenn sie kommt, mache ich ihr sofort die Tür auf.« Hannah gab ihrer Tochter einen Kuss auf die Stirn. »Nun geh schon nach oben. Ich komme gleich und decke dich zu.«

Nach dem langen und aufregenden Tag dauerte es nicht lange, bis Paula eingeschlafen war. Hannah machte es sich im Wohnzimmer auf der Couch bequem und schaltete den Fernseher wieder ein. Doch nachdem sie sich durch mehrere Programme gezappt hatte, machte sie das Gerät entnervt wieder aus und griff stattdessen nach einem Buch, konnte sich aber nicht auf die Geschichte konzentrieren. Also klappte sie das Buch wieder zu und lauschte dem Wind, der sich mittlerweile zum Sturm gesteigert hatte und an den Fensterläden rüttelte. Regen prasselte gegen die Fensterscheiben.

Hannah mochte Unwetter. Sie kuschelte sich in ihre alte Wolldecke, schloss die Augen und genoss das hohle Pfeifen, das der Wind im Kamin verursachte.

Ihre Gedanken wanderten zurück zum Nachmittag und zu Leon. Gerade, als sie sich sein Gesicht vorstellte, brandete eine besonders heftige Sturmböe gegen das Haus. Fast gleichzeitig knirschte es, und dann krachte draußen etwas zu Boden.

Erschrocken sprang Hannah auf die Füße und rannte zum Fenster. Doch in der Dunkelheit sah sie nicht viel mehr als die Schatten der Büsche, die sich im Wind bogen. Ein erneutes Krachen ließ sie zusammenzucken. »O verdammt!« Plötzlich begriff sie, was geschehen war. Ihr erster Impuls war, nach draußen zu stürzen, doch das wiederholte Knirschen ließ sie innehalten. Es war zu gefährlich, jetzt hinauszugehen. Stattdessen eilte sie die Treppe hinauf und öffnete die Klappe, die zum Speicher hinaufführte.

»Was machst du da, Mama?« Paula stand mit verschlafenem Gesicht in ihrer Zimmertür.

»Leg dich wieder hin! Der Wind hat anscheinend ein paar Dachschindeln heruntergeweht. Ich will nur schauen, ob es durchregnet.«

»Ist Billa wieder da?«

Hannah schüttelte den Kopf. »Nein, Paula. Bestimmt hat sie sich ein sicheres Plätzchen gesucht und wartet das Unwetter ab. Schlaf jetzt!«

Paula wandte sich mit betrübtem Gesicht um und verschwand wieder in ihrem Bett. Hannah zog die ausziehbare Leiter zu sich herab und kletterte auf den Dachboden. Trotz des spärlichen Lichts, das die winzige Glühlampe warf, erkannte sie sofort die Bescherung. Der Sturm hatte bereits drei Dachschindeln fortgeweht, und die Dachplane, die sich darunter befand, war so alt und spröde, dass sie Risse aufwies, durch die sich nun in einem Rinnsal der Regen drückte. Glücklicherweise fand sie in einer Ecke einen alten Eimer, den sie so aufstellte, dass das Wasser hineintropfen konnte. Sie hoffte, das würde bis zum Morgen ausreichen. »Hoffentlich reißt es nicht noch mehr Schindeln herunter«, murmelte sie missmutig. »Schlimm genug, dass ich diesen Vermieter schon wieder anrufen muss.«

Als eine erneute Sturmböe das Haus erfasste, fuhr sie erschrocken zusammen. Eilig verließ sie den Dachboden und ging zurück ins Wohnzimmer.

Obwohl ihre wohlige Stimmung verflogen war, legte sie sich wieder auf die Couch, zog sich die Wolldecke bis zum Kinn und schloss die Augen. Dass ihr erster Gedanke, als sie sich zu entspannen versuchte, wieder Leon galt, ließ sie über sich selbst schmunzeln. Warum auch nicht? überlegte sie. Immerhin war er ein ansehnlicher Mann. Es wunderte sie, dass ausgerechnet jemand wie er noch Single war. Aber vermutlich gab es einen guten Grund dafür. Wahrscheinlich war er eher auf kurze Abenteuer aus. So war es doch oft bei den gutaussehenden Männern, nicht wahr? Denen war ihre Freiheit meistens lieber als eine feste Partnerin.

Träge bewegte Hannah ihre Füße unter der Decke. Silke würde vermutlich sagen, dass ein Abenteuer immer noch besser war als gar kein Mann. Hannah lächelte vor sich hin. Vielleicht erzählte sie ihrer Freundin vorerst lieber nichts von Leon. Und im Grunde gab es ja auch noch gar nichts zu berichten. Er war nur rein zufällig ein netter alleinerziehender Vater, dessen Sohn wie Paula in die Eulengruppe des örtlichen Kindergartens ging. Sie seufzte. Und der sie erst zum Essen bei McDonald's und dann zur Besichtigung eines Baumhauses im Wald eingeladen hatte – in Anwesenheit beider Kinder. Nein, er hatte schon recht. Das war weder ein Köder noch besonders romantisch. Und deshalb würde sie auch hingehen.

Sie schrak zusammen, als sie neben sich ein leises Schnaufen hörte, und riss die Augen auf. »O mein Gott, Billa!« Verwirrt fuhr sie hoch und starrte auf die Hündin, die neben der Couch saß und treuherzig zu ihr aufblickte. Wasser tropfte aus ihrem Fell. »Wie bist du denn hereingekommen?«

Wie zur Antwort knarrte im Flur die Hintertür. Hannah war mit wenigen Schritten dort und betrachtete sprachlos die offene Tür, durch die der Regen ins Haus geweht wurde. Eilig schloss sie sie wieder und drehte sich zu Billa um, die ihr auf dem Fuß gefolgt war. »Kannst du etwa Türen öffnen?« Sie schüttelte den Kopf. »Das gibt es doch gar nicht. Ich dachte, ich hätte abgeschlossen!« Das holte sie nun schnell nach und hängte den Schlüssel an das Brett neben der Tür.

Billa schüttelte sich leicht, legte den Kopf auf die Seite, und Hannah strich ihr über das nasse Fell. »Das ist ja wirklich merkwürdig. Was bist du nur für ein Hund?«

Billa leckte ihr über den Handrücken und schien sie freundlich anzulächeln. Dann tapste sie in die Küche und machte sich über den Napf mit Hundefutter her.

7. Kapitel

Hallo, Herr Marbach? Gut, dass ich Sie erreiche. Leider hat der Sturm gestern Nacht ein paar Schindeln von meinem Dach geweht. Ich denke, wir müssen umgehend einen Dachdecker ...«

»Wir?«, kam es mitsamt einem Knacken und Rauschen aus dem Hörer.

Hannah verdrehte die Augen. »Nun, Sie natürlich, denn es ist ja Ihr Haus. Es hat nämlich ziemlich stark hereingeregnet ...«

»... schon wieder? Dieses Haus ... auf die Nerven!«

»Also hören Sie mal!« Verärgert wechselte Hannah den Hörer vom linken ans rechte Ohr. »Es ist mir egal, ob ich Ihnen auf die Nerven gehe. Sie sind der Vermieter, also sollten Sie sich auch darum kümmern ...«

»... nicht selbst einen Dachdecker holen?« Die Stimme war immer schwerer zu verstehen.

Hannah verdrehte die Augen. »Natürlich kann ich auch selbst einen Dachdecker holen, aber dann muss die Rechnung ...«

»... habe jetzt wirklich keine Zeit dafür ... Sturmschäden ...«

»Was?« Hannah bemühte sich, aus den Sprachfetzen schlau zu werden, die an ihr Ohr drangen. Doch so langsam trieb sie das ständige Knistern und Rauschen in der Leitung zur Weißglut. »Hören Sie, Herr Marbach. Entweder Sie schicken mir einen Dachdecker, oder ich rufe selbst einen. Und ich wäre Ihnen sehr dankbar, wenn Sie sich ein besseres Handy zulegen würden. Ich verstehe kein Wort!«

»... nicht mein Handy ... schlechter Empfang ...«

»Lieber Himmel, dann gehen Sie irgendwohin, wo der Empfang besser ist!«

»... jetzt nicht ... Ruhe geben ... schicke ich Ihnen ...«

»Damit ich Ruhe gebe? Was denken Sie sich eigentlich? Hallo?«

»... jetzt an die Arbeit.«

Es knackte in der Leitung, und die Verbindung war unterbrochen. Hannah starrte ihr Telefon fuchsteufelswild an. »Das ist ja wohl eine Unverschämtheit! Mir regnet es ins Haus, und dieser Blödmann will, dass ich Ruhe gebe!« Erregt ging sie in der Küche auf und ab und wäre fast über Billa gestolpert, die sich ihr mit einem leisen Winseln in den Weg stellte.

Überrascht blickte sie auf die Hündin hinab. »Was ist denn los?«

Billa legte den Kopf auf die Seite und wedelte leicht mit dem Schwanz.

»Du meinst, ich soll mich nicht so aufregen, was?« Mit einem resignierten Seufzen ließ sich Hannah auf einen Stuhl sinken. Billa kam zu ihr und legte ihr den Kopf aufs Knie.

Hannah schmunzelte. »Du hast ja recht, Billa. Er hat es gar nicht verdient, dass man sich über ihn aufregt. Als ob ich ihn mit meinen Anrufen ärgern wolle!« Sie schüttelte den Kopf.

»Hätte ich gewusst, wie er ist, hätte ich mir zweimal überlegt, ob ich das Haus miete.«

Billa gab ein zustimmendes Schnaufen von sich und stupste sie mit der Nase an. »Okay, ich lasse dich kurz in den Garten, aber dann muss ich wieder an die Arbeit.«

Missmutig steckte er sein Handy weg und trat mit einem leisen Fluch gegen den Reifen seines Wagens. Das hatte ihm gerade noch gefehlt. Diese Nervensäge von einer Mieterin hatte wohl beschlossen, ihm ständig auf den Keks zu gehen. Er hätte das Haus besser leerstehen lassen. Jetzt hatte er dauernd Beschwerden und Reparaturen am Hals.

Er atmete tief durch und lehnte sich gegen den Kotflügel. Onkel Richard hatte ihn schon gewarnt, dass das Dach des alten Gebäudes nicht mehr das beste war. Jetzt hatte er den Salat. Aber konnte diese blöde Ziege nicht selbst einen Dachdecker holen? Ihm reichte es schon, wenn er die Rechnung bekam. Andererseits würde sie ihm womöglich den Mieterbund auf den Hals hetzen, wenn er sich nicht um sein Haus kümmerte. Seufzend klappte er sein Handy auf und wählte die Nummer eines Onkels. Ausgerechnet heute hatte er aber auch wirklich keine Zeit. Der Sturm hatte einiges an Schaden angerichtet. Das Ausmaß an Zerstörung, das sich seinem Blick bot, wenn er den Kopf hob, überwog ein paar herabgewehte Dachpfannen bei weitem.

Erst als er das Gespräch mit seinem Onkel beendete, fiel ihm ein, dass er schon wieder vergessen hatte zu fragen, wie seine Mieterin überhaupt hieß. Den Mietvertrag hatte er seiner Tante mitgegeben und sich später nicht mehr darum gekümmert.

»Das sieht nicht gut aus.« Richard Bogner strich sich ein ums andere Mal durch seinen dichten, gepflegten Vollbart. »Da müssen wir mehr machen, als nur die Dachschindeln zu ersetzen.«

»Ich habe es befürchtet.« Hannah stand neben dem älteren Herrn und blickte ebenfalls zum Dach hinauf.

Er nickte vor sich hin. »Das wird teuer. Aber ich kann das erst mal provisorisch abdichten, bis ein Dachdecker verständigt ist.«

»Das wäre sehr nett. Leider war Herr Marbach wohl nicht sehr begeistert, als ich ihn schon wieder wegen einer Reparatur angerufen habe«, formulierte sie vorsichtig.

Bogner nickte lächelnd. »Ja, ja, der Junior ist da ein bisschen empfindlich, und auf Frauen reagiert er zuweilen etwas biestig. Nehmen Sie es ihm nicht übel, er hat schon genug hinter sich.«

»Kein Grund, unhöflich zu werden.« Hannah spürte noch immer einen Funken Ärger in sich.

»Das ist natürlich richtig. Ich werde ihm nahelegen, sich an seine gute Erziehung zu erinnern.« Bogner zwinkerte ihr zu, und sie war für einen Moment irritiert. »Er ist ein guter Junge, aber das Haus hier …«, fuhr er fort und hielt dann nachdenklich inne. »Vielleicht hätte er es doch verkaufen sollen. Ach was!« Er lachte. »Das soll Sie nicht interessieren. Ich werde mal sehen, ob ich die Dachplane abdichten kann, und dann sage ich dem Jungen Bescheid, dass er seinen Hintern in Bewegung setzen und einen Dachdecker verständigen soll.«

Hannah nickte und ging wieder in ihr Arbeitszimmer. Sie rückte den Ausdruck ihrer letzten Zeichnung ein wenig mehr ins Licht und lauschte, während sie über dem Problem einer bestimmten, vom Kunden gewünschten Dachneigung brütete, den Geräuschen, die Bogner auf dem Dachboden machte.

Pünktlich um Viertel vor zwölf kam Billa ins Zimmer getapst und setzte sich erwartungsvoll neben sie.

Hannah blickte erst auf die Hündin, dann auf die Uhr. »Nanu, willst du mich daran erinnern, Paula abzuholen? Du scheinst aber ein gutes Zeitgefühl zu haben.« Sie tätschelte Billa den Kopf und stand auf. »Na komm, dann lass uns mal losgehen.«

Als sie vor dem Kindergarten ankamen, ertappte sich Hannah dabei, dass sie nach Leon Ausschau hielt, und schalt sich selbst ein dummes Huhn. Sie winkte Paula, die gerade aus der Tür trat. »Hallo, mein Schatz! War es schön heute?«

Paula nickte heftig und umarmte erst Hannah, dann Billa. »Ganz schön. Sandra hatte Geburtstag, und wir haben Kuchen gegessen.« Sie stand auf und nahm Hannahs Hand. »Gehen wir noch spazieren?«

»Wenn du möchtest.« Hannah nickte. »Aber nicht zu lange, ich muss nämlich noch arbeiten. Wo ist denn Mario heute?«

»Bei seiner Tante. Mama, wann ist endlich Samstag?«

Schmunzelnd strich Hannah ihrer Tochter über den Kopf. Diese Frage hatte sie sich, wenn sie ehrlich war, auch schon gestellt. »Übermorgen ist Samstag. Das bedeutet, wir müssen noch zweimal schlafen.«

»Und dann gehen wir zu Mario!«, jubelte Paula und hüpfte aufgeregt neben Hannah auf und ab. »Mama, freust du dich auch, dass wir zu Mario und seinem Papa gehen?«

»Es wird bestimmt sehr nett«, antwortete Hannah ruhig und blickte sich um. So laut, wie Paula geredet hatte, war diese Information nun ganz sicher bereits in Umlauf geraten.

Tatsächlich sah sie Renate und zwei andere Mütter miteinander tuscheln und in ihre Richtung blicken.

Hannah lächelte ihnen kurz zu, wandte sich ab und kräuselte die Lippen. Noch mehr Futter für den Gerüchteeintopf, dachte sie. »Komm, Paula, lass uns ein bisschen schneller gehen.«

»Hannah? Warten Sie doch bitte kurz!«

Beim Klang von Renates Stimme blieb sie stehen und verdrehte die Augen. »Auch das noch!«

»Hannah? Ach, ich darf Sie doch so nennen, ja? Wir nennen uns hier alle beim Vornamen.« Renate blieb vor ihr stehen und lächelte breit. »Haben Sie sich schon überlegt, ob Sie dem Elternbeirat beitreten möchten? Nein? Na, macht ja nichts. Ist ja nicht so eilig. Aber vielleicht möchten Sie am Samstagnachmittag zu unserem Treffen kommen? Wir planen gerade die Adventsfeier und können jede Verstärkung brauchen.«

Renates unschuldiger Augenaufschlag reizte Hannah fast zum Lachen, doch sie riss sich zusammen. »Am Samstag haben wir leider schon etwas vor.«

»Wir fahren zu Mario und seinem Papa, und Mario zeigt mir sein Baumhaus!«, rief Paula dazwischen und hüpfte um Billa herum, die dies aus Aufforderung zum Spielen ansah und fröhlich bellte.

Hannah zuckte zusammen. Auf dem Silbertablett hatte sie Renate die Information eigentlich nicht liefern wollen, aber nun ließ es sich ja nicht mehr rückgängig machen.

»Ach, sagen Sie bloß, Sie sind mit Leon verabredet?« Renate tat überrascht. »Das ist aber schnell gegangen. Ich wusste ja gar nicht, dass Sie und er …«

»Nein.« Hannah schüttelte entschieden den Kopf. »Wir sind nicht …«

»Da haben Sie aber Glück«, redete Renate einfach weiter.

»Bisher ist er noch mit keiner der alleinerziehenden Mütter ausgegangen. Jedenfalls nicht, dass ich wüsste. Na, hat einer wie der wohl auch nicht nötig.« Wieder lächelte Renate. »Verzeihen Sie, aber was wahr ist, ist wahr, oder? Wenn ich nicht glücklich verheiratet wäre ... Nun, dann lassen Sie den Fisch mal bloß nicht von der Angel, meine Liebe. Männer, die so aussehen wie er, sind begehrt.« Sie tätschelte wohlwollend Hannahs Arm. »Aber natürlich kann ich gut verstehen, dass Sie am Samstag keine Zeit für uns haben. Bis morgen dann!« Sie strich Paula kurz übers Haar, winkte und kehrte zu den anderen Müttern zurück. Hannah sah ihr mit gemischten Gefühlen nach.

»Mama, warum sollen wir denn angeln gehen?«

»Wie?«

Paula zupfte an einer Haarsträhne. »Die Frau hat doch das mit dem Angeln und Marios Papa gesagt.«

»Das war nur so eine Redensart.« Hannah fasste Billas Leine kürzer und dirigierte ihre Tochter und die Hündin vom Kindergarten fort.

»Also gehen wir nicht angeln?«

»Nein.« Hannah lachte. »Das tun wir nicht.«

»Gut.« Paula machte ein zufriedenes Gesicht. »Ich finde angeln doof. Baumhäuser sind viel besser.«

8. Kapitel

»Guck mal, Mama! Hier sind sogar Decken und Kissen und alles!«, rief Paula und winkte über die Brüstung des urigen Baumhauses, das Leon unweit des Forsthauses für seinen Sohn gebaut hatte.

Neben Paula tauchte nun auch Marios wuscheliger Blondschopf auf. »Sind alles meine Kissen. Papa, kommst du auch rauf?«

»Nein, Mario, da oben ist nur Platz für zwei Personen«, antwortete Leon und lachte, als die beiden Kinder wieder aus dem Blickfeld verschwanden und kichernd in der Hütte rumorten.

»Mama, komm doch mal gucken!« Paula war zur Brüstung zurückgekehrt und winkte erneut heftig. »Ich will auch so ein Baumhaus. Das ist ganz, ganz toll.«

»Wir haben doch gar keinen Baum in unserem Garten, der so ein Haus tragen könnte.« Hannah schüttelte amüsiert den Kopf.

»Komm trotzdem mal hoch«, bettelte Paula unbeirrt weiter. Hannah sah unsicher zu Leon hinüber.

»Sie können ruhig hinaufsteigen. Die Leiter hält sogar mich aus«, sagte er. »Aber Sie werden nur hineinschauen können. Da oben ist ja schließlich nur ein Ein-Zimmer-Apartment.« Er grinste ermunternd. »Soll ich Ihnen helfen?«

»Nein, das geht schon«, wehrte Hannah ab. »Ich bin zwar schon eine Weile nicht mehr auf Leitern oder in Bäume geklettert ... Nehmen Sie mal die Leine?« Sie drückte ihm Billas Leine in die Hand und begann mit dem Aufstieg. Dabei spürte sie mehr als deutlich seine Blicke in ihrem Rücken und – sie war sich ganz sicher – auch auf ihrem Hinterteil, das heute in ihren ältesten und bequemsten Jeans steckte.

Als sie einen Blick über die Schulter warf, wandte er den Blick jedoch sofort ab und beugte sich über Billa, die ihn freudig umtänzelte. Entschlossen, sich nicht irritieren zu lassen, erklomm sie die nächsten Sprossen der Leiter und warf dann zu Paulas Freude endlich einen Blick auf das gemütlich mit Decken ausgelegte Innere des Baumhauses.

»Braver Hund«, sagte Leon indes so laut, dass Hannah ihn gerade noch verstehen konnte, und streichelte Billa ausgiebig. Er hatte tatsächlich länger als beabsichtigt ihre nicht unattraktive Kehrseite betrachtet und hoffte, dass sie es nicht mitbekommen hatte. »Du bist ja wirklich eine Hübsche, was?« Er ging vor der Hündin in die Hocke und betrachtete sie aufmerksam. »Ich kann mir nicht helfen, aber du siehst unserer alten Sybilla unglaublich ähnlich.«

Billa stupste ihn mit der Nase gegen das Kinn und legte dann aufmerksam den Kopf auf die Seite.

Verwundert rieb er sich über die feuchte Stelle am Kinn. »Das hat Sybilla auch immer gemacht.« Zaghaft strich er ihr über den Kopf, und sie leckte seine Fingerspitzen. Er schüttelte den Kopf. »Vermutlich ist das die ganz normale Hundesprache, wie?«

Erneut stieß Billa ihre Nase gegen sein Kinn, dann setzte sie sich hin und blickte hinauf zu Hannah, die noch immer auf der Leiter stand und sich, die Arme auf den Boden der Hütte gestützt, mit Paula und Mario unterhielt.

»Dein Frauchen ist auch nicht ohne, was?«, raunte er Billa zu, worauf sie leicht zu wedeln begann. »Eigentlich muss ich dir wirklich dankbar sein, dass du ihr neulich ausgerissen bist, sonst hätte ich sie vielleicht nicht so leicht kennengelernt.« Billa stieß eine Art Schnauben aus und zuckte dabei mit dem Kopf, dass es aussah, als würde sie nicken. Leon lachte und erhob sich. »Nun, wie finden Sie die Hütte?«, rief er nach oben.

»Sehr schön«, antwortete Hannah und warf einen kurzen Blick zu ihm hinunter. »Stammt der Entwurf von Ihnen?« Langsam trat sie den Rückweg über die Leiter an. Als sie die vorletzte Sprosse erreicht hatte, spürte sie plötzlich Leons Hände an ihrer Hüfte und konnte ein kurzes Zusammenzucken nicht verhindern. Er stützte sie, bis sie wieder festen Boden unter den Füßen hatte, ließ sie jedoch augenblicklich wieder los.

Unentschlossen, ob sie darüber enttäuscht oder froh sein sollte, nahm sie ihm die Leine ab und streichelte kurz über Billas Ohren.

Leon war mit ihrer Reaktion auf seine kurze Berührung mehr als zufrieden und trat einen Schritt zurück. »Nun, auch wenn es Sie als Architektin vielleicht enttäuscht, aber der Entwurf stammt zu meiner Schande aus dem Prospekt eines Baumarktes.« Als sie ihn wieder anblickte, blitzte es amüsiert in seinen Augen.

Hannah lächelte zurück. »Enttäuscht nicht, eher erleichtert. Ich hatte schon befürchtet, Sie würden mir womöglich demnächst Konkurrenz machen.«

»Auf gar keinen Fall!« Er zwinkerte ihr zu und senkte verschwörerisch die Stimme. »So gerne ich das Ding für Mario gebaut habe, war ich doch froh, als es endlich fertig war. Als Vater hat man immer so etwas wie Heldenstatus, aber Sie glauben gar nicht, wie viele Splitter man sich an diesem Holz holen kann.«

»Dann sind Sie also nicht der geborene Baumeister?«

»Ich habe die Hütte unter Aufbietung meiner letzten Kräfte gebaut. Und ich hoffe sehr, dass Sie nicht auf die Idee kommen, mich zu bitten, eine weitere für Paula zusammenzubasteln.« Er setzte eine gespielt gequälte Miene auf, die Hannah zum Lachen reizte.

»Keine Angst, das lag nicht in meiner Absicht. Außerdem gibt es bei uns wirklich keine Bäume, die ein solches Ungetüm tragen würden.«

»Papa, dürfen wir hier noch weiter spielen?« Mario kam wie

ein Wiesel die Leiter heruntergeklettert und griff nach seinem bunten Rucksack, der vollgepackt mit Süßigkeiten und Getränken am Baumstamm lehnte.

Leon hob die Schultern und sah Hannah fragend an. Sie nickte leicht. »Also gut.« Er gab Mario einen Klaps auf die Schulter. »Aber nicht zu lange. Es ist schon ziemlich kalt heute. Eine halbe Stunde dürft ihr oben bleiben.«

»Au ja!« Mario schnallte sich den Rucksack auf den Rücken und war in Windeseile wieder oben im Baumhaus.

»Gehen wir ein paar Schritte?«, fragte Leon und wies mit dem Kinn auf den schmalen Weg, der weiter in den Wald hinein führte. »Wir bleiben auch in Hörweite.«

»Also gut – warum nicht?« Hannah folgte ihm den Weg entlang; Billa ging ruhig neben ihr her.

Die Bäume hatten ihr Blätterkleid schon fast vollständig abgeworfen, so dass die Novembersonne ihren Weg bis zum Waldboden fand, auf den sie unruhige Muster aus Licht und Schatten warf. Die Luft war erfüllt von würzigen Herbstdüften, die Hannah tief einsog.

»Das ist ein Grund, weshalb ich Förster geworden bin«, sagte Leon und sah sie von der Seite an. »Ich liebe diese Luft und wie sie sich im Laufe der Jahreszeiten verändert.«

Hannah nickte verständnisvoll und schaute sich um. Als sie die riesige Tanne erblickte, die am Rande einer Schonung am Boden lag, blieb sie überrascht stehen. Der Stamm war im unteren Viertel wie ein Streichholz abgeknickt. »Was ist denn da passiert?«

Leon ging zu dem gefällten Baum hin und stützte sich gegen den Baumstumpf. »Das war der Sturm von neulich«, erklärte er. »Wir hatten nicht erwartet, dass er in diesem Gebiet so stark wüten würde, und hatten eine ziemliche Menge Arbeit, die schlimmsten Schäden zu beseitigen. Auf der anderen Seite des Waldes haben wir noch gar nicht damit angefangen. Da werden wir noch ein, zwei Wochen brauchen, bis wir die gestürzten Bäume alle herausgeholt haben.«

»Eine gefährliche Arbeit«, befand Hannah. »Wenn so ein Stamm nur noch von den danebenstehenden Bäumen gestützt wird, kann beim Fällen doch allerhand schiefgehen, oder?«

Leon schüttelte den Kopf, nickte dann aber. »Sicher, ganz ungefährlich ist es nicht, aber ich habe einen Trupp gut ausgebildeter Waldarbeiter, die das erledigen. Und mit den entsprechenden Maschinen geht es meist reibungslos.«

»Aber wenn hier mal ein Unfall passiert ...« Hannah ließ den Satz unvollendet, schauderte jedoch.

»Machen Sie sich Sorgen um mich?«

Hannah blieb stehen und blickte angestrengt geradeaus. »Um Ihr Ego mache ich mir jedenfalls keine Sorgen.«

»Autsch.« Leon grinste. »Das hat gesessen.«

»Vielleicht sollten wir umkehren.« Hannah drehte sich um und ging mit Billa langsam den Weg zurück, den sie gekommen waren.

Leon war mit wenigen Schritten wieder an ihrer Seite. »Im Ernst, ein Förster hat keinen sonderlich gefährlichen Beruf. Die halbe Zeit verbringe ich mit Papierkram. Da könnte ich mir vorstellen, dass eine Baustellenbegehung für Sie wesentlich riskanter ist.«

Hannah antwortete nicht darauf, und so schwiegen sie, bis sie wieder beim Baumhaus angekommen waren. Von oben hörten sie nur leises Gemurmel und dazwischen fröhliches Kinderlachen.

»Paula ist ganz begeistert«, sagte Hannah und lehnte sich

mit der Schulter gegen die Leiter. »Jetzt wird sie mir bestimmt täglich in den Ohren liegen, wieder hierherzukommen.«

»Sie ist jederzeit herzlich willkommen«, meinte Leon und lächelte. »Zumindest, solange sie noch in dem Alter ist, in dem Baumhäuser reine Abenteuerspielplätze sind.«

Hannah blickte ihn einen Moment lang irritiert an, und er lachte. »Ab einem gewissen Alter dürfte der Reiz eines ruhigen, romantischen Plätzchens nicht mehr in den Süßigkeiten liegen, die man da oben heimlich in sich hineinstopfen kann.«

»Ich vermute, Sie sprechen aus Erfahrung?«

Leon schwieg einen langen Moment. »Nein, bisher nicht.«

Er trat einen Schritt auf Hannah zu und stützte sich mit einer Hand neben ihrem Kopf ab. Forschend sah er sie an. »Wäre es Ihnen lieber, wenn es so wäre?«

»Ich, äh …« Hannah blickte unruhig links und rechts an ihm vorbei und überlegte, wie sie etwas Abstand zwischen ihn und sich bringen konnte, damit sich ihr Herzschlag wieder beruhigte. Doch sie rührte sich nicht von der Stelle.

»Sie haben interessante Augen«, sagte er. »Blaugrau mit grünen Einsprengseln. Je nach Lichteinfall verändern sich die Farben.«

Da ihr partout keine Antwort darauf einfallen wollte, schwieg Hannah. Er hob die freie Hand und spielte mit einer Haarsträhne, die sich aus dem lockeren Knoten an ihrem Hinterkopf gelöst hatte. »Ihr Haar gefällt mir übrigens ebenfalls.« Als sie noch immer nichts sagte, lächelte er. »Verzeihen Sie, aber entweder sind Sie gegen Komplimente immun, oder ich bin mehr aus der Übung, als ich befürchtet hatte.«

»Ich …« Hannah versuchte, sich zusammenzureißen. Das war ihr bisher noch nie passiert, aber wenn er ihr zu nahe kam, schien sich ein Teil ihres Gehirns abzuschalten. »Ich denke, Sie machen das ganz gut.« Sie rang sich ein Lächeln ab. »Wahrscheinlich bin ich es, der die Übung fehlt.«

»Wollen Sie mir erzählen, Sie würden niemals Komplimente bekommen?« Leon sah sie halb amüsiert, halb neugierig an.

Hannah blickte verlegen zu Boden. »Vermutlich schon, aber wahrscheinlich nehme ich sie meistens nicht wahr.«

Er stieß einen erheiterten Laut aus. »Nun haben Sie meinem Ego wieder auf die Füße geholfen. Vielleicht könnten wir ja ...«

Billa unterbrach ihn, indem sie einen kurzen Laut ausstieß. Im nächsten Moment klingelte Leons Handy.

»Entschuldigen Sie.« Bedauernd zog er sein Handy aus der Jacke und trat damit einen Schritt zur Seite.

»Wie? Wo? ... Könnt ihr das nicht alleine ...? Ja, ich weiß, dass du heute freihast. Ich übrigens auch ... Na gut, ich komme gleich.«

Leon schaltete das Handy ab und machte ein zerknirschtes Gesicht. »Es sieht so aus, als gäbe es hinten am Waldsee ein Problem wegen eines Sturmschadens. Da muss ich leider nach dem Rechten schauen.«

»Und Mario?«, fragte Hannah. Sie versuchte, sich die Enttäuschung über das abrupte Ende ihres Treffens nicht allzu deutlich anmerken zu lassen.

»Ich bringe ihn bei meiner Schwägerin vorbei. Mein Bruder bewirtschaftet einen Bauernhof nicht weit von hier.« Er warf einen Blick hinauf zum Baumhaus. »Es tut mir leid, dass der Nachmittag so schnell enden muss. Ich hätte Sie gerne noch ...«

»Vielleicht ein andermal«, unterbrach Hannah ihn rasch.

Wahrscheinlich war es sogar besser, wenn sie die Sache nicht überstürzten.

»Ja, vielleicht ein andermal.« Er zwinkerte. »Wenn Sie mir Ihre Telefonnummer geben, rufe ich Sie an.«

Hannah nickte und kramte in ihrer Jacke nach einem Stift, fand aber keinen. Leon hielt ihr zuvorkommend einen Block samt Kugelschreiber hin.

Sie nahm beides, doch nachdem sie ihre Festnetznummer notiert hatte, hielt sie inne. »Auch wenn ich Ihrem Ego damit einen erneuten Tiefschlag versetze, aber für einen Mann, der angeblich, was das Flirten angeht, aus der Übung ist, haben Sie immer erstaunlich schnell etwas zum Schreiben bei der Hand.«

Überrascht hob er die Brauen. Dann lachte er unsicher. »Das ist bloß eine alte Pfadfinder-Gewohnheit. Sie wissen schon: allzeit bereit.« Als sie den Kopf amüsiert auf die Seite legte, hob er beide Hände. »Schon gut, ich sage jetzt lieber nichts mehr, sonst rede ich mich noch um Kopf und Kragen.« Er blickte wieder zum Baumhaus hinauf und rief nach Mario und Paula.

Die beiden machten ihrer Enttäuschung über das Ende ihres Spiels lautstark Luft, und erst, als Hannah ihrer Tochter versprach, so bald wie möglich wieder herzukommen, ließ sie sich überreden, zurück zum Auto zu gehen. Dort angekommen, streckte Hannah Leon ihre Hand hin. »Auch wenn der Besuch sehr kurz war, danke ich Ihnen trotzdem für die nette Einladung.«

Leon ergriff ihre Hand und hielt sie länger fest als eigentlich nötig. »Ich danke Ihnen für den Besuch.« Lächelnd beugte er sich zu Paula hinunter. »Und du überredest deine Mama, ganz bald wieder hierher zu kommen, nicht wahr?«

Paula nickte heftig.

»Also dann.« Hannah öffnete die Autotür und ließ Paula und Billa einsteigen.

»Auf Wiedersehen – ich rufe Sie an.« Leon wartete, bis Hannah ihre Tochter angeschnallt hatte, dann hielt er ihr zuvorkommend die Fahrertür auf. »Und vergessen Sie den Quatsch, den ich eben geredet habe.«

Hannah, die sich hinter dem Steuer ihres Wagens etwas sicherer fühlte, zuckte betont lässig mit den Schultern. »Mal sehen.« Sie lächelte, schloss die Tür und ließ den Motor an.

Leon trat einen Schritt zurück und nahm Mario, der ihnen heftig nachwinkte, bei der Hand. Hannah sah im Rückspiegel, wie er ihnen nachblickte und dann seinen Sohn hochhob und einmal durch die Luft schwenkte, bevor er mit ihm davonging.

9. Kapitel

Dir ist schon klar, dass du mir gerade ein Date versaut hast«, warf Leon seinem Freund und Kollegen Martin vor, während sie die halb gekippte Buche betrachteten, die, nur von wenigen Ästen der nebenstehenden Bäume gehalten, in den See und dort auf einen nagelneuen Anlegesteg zu stürzen drohte.

»Was sollte ich denn machen? Klaus und Rudolf sind heute bei einem Fußballspiel, und Igor …« Martin hielt inne und sah Leon von der Seite an. »Was hast du gesagt? Ein Date? Du hast doch niemals Dates.«

»Diesmal schon«, brummelte Leon. »Oder es hätte zumindest eines werden können, wenn wir die Kinder …«

»Kinder? Du hattest Mario dabei? Das ist doch wohl nicht dein Ernst.« Verständnislos schüttelte Martin den Kopf. »So was ist doch kein Date!«

Leon winkte ab. »Hannah war mit ihrer kleinen Tochter bei uns zu Besuch, und wir wollten …« Was sie wollten oder vielmehr, was er gerne gewollt hätte, verschwieg er. »Aber vermutlich war es sogar besser, dass du uns unterbrochen hast.« Als er daran dachte, was er zuletzt zu Hannah gesagt hatte, schüttelte er erneut den Kopf und ärgerte sich über sich. »Allzeit bereit – also wirklich«, murmelte er.

»Was bitte?« Martin spitzte die Ohren und hielt Leon am Arm fest, bevor dieser weggehen konnte. »Wer ist allzeit bereit?«

Leon schüttelte seine Hand ab. »Vergiss es! Ich war nur kurz davor, mich lächerlich zu machen, das ist alles.«

»Oh.«

»Was?« Er sah Martin von der Seite an, der feixend die Arme vor der Brust verschränkt hatte. »Du wirst doch wohl nicht endlich zu den Lebenden zurückkehren?«

Leon winkte ab. »Ich hätte besser gar nicht davon angefangen.«

»O doch, mein Freund.« Martin lachte. »Und wenn wir dieses Ungetüm von Baum da weggeschafft haben, will ich wissen, wer sie ist und wie sie es geschafft hat, dich zu einem Date zu überreden.«

»Du triffst dich mit einem Mann und erzählst mir kein Sterbenswörtchen davon?« Entrüstet stemmte Silke die Hände in die Hüften und machte ein Gesicht, als habe Hannah sie soeben aufs höchste beleidigt. »Wer ist er, was macht er, wie sieht er aus?«

Hannah verkniff sich ein Grinsen. »Du klingst wie meine Mutter beim Kreuzverhör.«

»Sag bloß, du hast deiner Mutter schon von ihm erzählt und mir noch nicht!« Silkes Augen sprühten mittlerweile Funken.

Hannah legte ihr beruhigend eine Hand auf die Schulter. »Ich kann mich beherrschen, Silke. Wenn ich ihr von ihm erzählt hätte, wäre sie bereits auf dem Weg zu mir, um die Hochzeitseinladungen zu besprechen.«

Silke entspannte sich und kicherte. »Sie will dich also noch immer unbedingt unter die Haube bringen?«

»Dir nicht ganz unähnlich«, gab Hannah unfreundlich zurück, lächelte aber. »Sie begreift einfach nicht, warum ich so einen netten, unkomplizierten Mann wie Torsten gehen lassen konnte. Und jetzt glaubt sie, ich würde keinen Mann mehr abkriegen und eines Tages an Einsamkeit eingehen.«

»Der Gedanke ist mir allerdings auch schon gekommen«, meinte Silke, schaltete die Kaffeemaschine aus und schraubte den Deckel auf die Kanne. Dann gingen sie gemeinsam zu Hannahs Küchentisch, der zu einem kleinen Kaffeekränzchen liebevoll gedeckt war. »Wann warst du zuletzt mit einem Mann zusammen?«

Hannah schwieg.

»Siehst du, das meine ich.« Silke setzte sich und goss sich Kaffee und Sahne in ihre Tasse. »Gab es nach Torsten überhaupt jemanden?«

»Du weißt doch ganz genau, dass ich mit Angelo ...«

»Ach was, der zählt doch nicht!« Silke winkte ab.

»Ach nein?«

»Das war ein Urlaubsflirt in Südtirol und dauerte gerade mal zwei Wochen.« Silke schüttelte den Kopf. »Die jetzt schon – warte mal – fast drei Jahre zurückliegen.«

»Ich bin eben wählerisch«, verteidigte sich Hannah.

»Du bist schüchtern, blind und taub, was Männer angeht«, korrigierte Silke, diesmal jedoch mit wesentlich sanfterer Stimme. »Das war schon während unserer Schulzeit so. Wo du gingst und standest, hast du die Jungs in Verzweiflung am Wegesrand zurückgelassen. Mich wundert es geradezu, dass Torsten es geschafft hat, dich aus deinem Schneckenhaus – und in sein Bett – zu locken.«

»Also erstens war es mein Bett«, Hannah nahm sich ein Stück Marmorkuchen und brach es in der Mitte durch, »denn er wohnte ja bei mir, und zweitens übertreibst du maßlos. Es ist ja nicht so, dass ich niemals etwas mit Männern hatte. Aber wenn, sollte es doch wohl auch der Richtige sein, oder nicht?«

»Hm«, brummelte Silke. »Aber so wählerisch, wie du bist, grenzt es wirklich an ein Wunder, wenn ein Mann sich traut, sich dir zu nähern. Also los, erzähl endlich! Und lass ja keine Einzelheit aus.«

10. Kapitel

Hannah schlüpfte in ihren Mantel, schlang sich einen dicken Wollschal um den Hals und ging dann, in einer Hand ihre Aktentasche, in der anderen Billas Leine, gutgelaunt zu ihrem Auto. Leon hatte am vergangenen Abend angerufen und sie für den nächsten Samstag erneut zu sich eingeladen. Und er hatte versprochen, diesmal keinerlei Störungen zuzulassen. Paula war vor Begeisterung, wieder mit Mario spielen zu dürfen, wie ein Derwisch durchs Haus gerannt, und es hatte Hannah einige Mühe gekostet, sie schließlich doch noch ins Bett zu bringen. Und dann hatte es noch länger gedauert, bis sie selbst eingeschlafen war.

Sie schmunzelte über sich selbst. Silke hatte schon recht, ein wenig mehr Souveränität im Umgang mit Männern würde ihr nicht schaden. Andererseits hatte sie den Eindruck gewonnen, dass auch Leon nicht zu der Sorte Mann gehörte, die massenhaft Frauenbekanntschaften machte. Ihr kam es eher so vor, als wäre genau das Gegenteil der Fall, und es interessierte sie brennend zu erfahren, weshalb das so war. Das Kribbeln, das sie seit dem Telefonat immer wieder durchrieselte, war eine angenehme Dreingabe, von der sie hoffte, dass sie sich am Samstag nicht wieder zu einem Aussetzen ihrer allgemeinen Denkfunktionen ausweiten würde.

Billa ließ sich anstandslos von ihr mit dem speziellen Hundegurt, den Silke ihr mitgebracht hatte, auf dem Rücksitz anschnallen. »Dann wollen wir mal los, nicht wahr, meine Süße?« Hannah streichelte Billa kurz über die Ohren, dann setzte sie sich hinters Lenkrad. »Wenn meine neuen Zeichnungen dem Kunden jetzt gefallen, bekomme ich vielleicht auch den Auftrag für seine Werkstatt. Wie findest du das?« Sie blickte in den Rückspiegel und hatte fast den Eindruck, als würde Billa ihr bestätigend zulächeln.

Der Weg zu ihrem Kunden, einem Automechaniker, der sich und seiner Familie den Traum vom Haus mit angeschlossener eigener Werkstatt erfüllen wollte, führte sie aus der Stadt hinaus und auch an Leons Forsthaus vorbei. Knapp einen Kilometer weiter kam das Dorf bereits in Sicht. Sie hatte sich mit dem Kunden auf dessen Bauplatz verabredet und war froh, dass es trotz der dunklen Wolken, die nicht ein Fleckchen Himmel freiließen, keinen Regen zu geben schien. Nur ein böiger Wind blies herbstlich braune Blätter über die Straßen und Wege.

Sie schnallte Billa ab, ließ sie jedoch im Auto und nahm nur ihre Aktentasche mit zu dem Treffen. Als sie jedoch eine Stunde später wieder zu ihrem Wagen zurückkehrte, erwartete sie eine böse Überraschung. Die hintere Tür auf der Fahrerseite stand offen und Billa war verschwunden.

»Das kann doch wohl nicht wahr sein. Billa!«, rief sie und blickte sich nach allen Richtungen um. Doch von der Hündin war weit und breit nichts zu sehen.

»Gibt es ein Problem?«, fragte eine besorgte Stimme hinter ihr.

Hannah drehte sich um und sah sich ihrem Kunden gegenüber, der ebenfalls auf dem Weg zu seinem Wagen war, den er weiter unten an der Straße geparkt hatte.

»Das kann man wohl sagen, Herr Solonka.« Sie strich sich eine Haarsträhne hinters Ohr und blickte sich verzweifelt noch einmal um. »Ich hatte meine Hündin mit im Auto, und es scheint, als sei sie ausgerissen.«

»Aus dem verschlossenen Auto?«, wunderte sich Solonka und blickte sich nun ebenfalls um.

»Ja, das heißt, ich war mir eigentlich sicher, abgeschlossen zu haben. Aber das war wohl ein Irrtum.« Hannah lächelte kläglich. »Ich hätte allerdings auch nicht gedacht, dass Billa es schafft, Autotüren zu öffnen.«

»Tja, manche Hunde können so was.«

»Offensichtlich. Ich habe Billa noch nicht lange, und eigentlich ist sie auch gar nicht unser Hund ...« Hannah zuckte mit den Schultern. »Sie ist uns zugelaufen. Aber was mache ich denn jetzt? Ich habe keine Ahnung, wo ich sie suchen soll!«

»Spuren gibt es leider auch keine«, meinte Solonka, nachdem er mit den Augen den Boden abgesucht hatte. »Vielleicht ist sie in den Wald gelaufen.« Er wies auf den nicht allzu weit entfernten Waldrand. »Hunde streunen doch gerne im Wald, oder?«

»Hoffentlich nicht«, antwortete Hannah und zog besorgt die Stirn in Falten. »Das würde dem Förster bestimmt nicht gefallen.« Als ihr einfiel, wer der Förster dieses Waldgebietes war, entspannte sie sich ein wenig. Leon kannte Billa. Er würde sie bestimmt einfangen, wenn er sie sah. Aber was, wenn ein Jäger sie vorher beim Streunen erwischte?

»Tja, leider kann ich Ihnen nicht beim Suchen helfen. Ich habe noch einen wichtigen Termin.« Bedauernd hob Solonka die Schultern. »An Ihrer Stelle würde ich es wirklich zuerst im Wald versuchen. Viel Glück!« Er schüttelte ihr die Hand und ging dann zu seinem Auto.

»Na toll.« Hannah lehnte sich gegen ihren Wagen. Sie hatte keine Ahnung, was sie tun sollte. Als in der Ferne irgendwo ein Schuss fiel, zuckte sie zusammen. »Mist«, fluchte sie. Sie wusste, dass um diese Jahreszeit viel gejagt wurde.

Also stieg sie ins Auto und fuhr langsam Richtung Waldrand. Weit und breit gab es keine Spur von Billa.

Auf einem kleinen Parkplatz hielt Hannah an und machte sich zu Fuß auf die Suche.

Im Wald war es beinahe totenstill. Lediglich zwei Krähen unterhielten sich krächzend irgendwo in den Baumwipfeln.

»Billa!«, rief Hannah und lauschte dem Schall ihrer Stimme nach. »Komm her, mein Mädchen! Wo steckst du denn?«

Doch Billa blieb verschwunden. Hannah ging fast einen Kilometer den Waldweg entlang und rief immer wieder, doch schließlich sah sie ein, dass es sinnlos war, und kehrte um.

Im nächsten Moment fing es an zu regnen. Erst fielen nur ein paar vereinzelte Tropfen, doch schon wenig später ergossen sich wahre Sturzbäche aus den Wolken.

»Verdammt!«, fluchte Hannah und rannte los.

Leon war auf dem Weg zu einem der östlichen Waldstücke, um dort den Fortgang der Beseitigung der Sturmschäden zu überprüfen, als er am Waldrand Hannahs Auto stehen sah. Er lenkte seinen Jeep an den Wegrand und stieg aus.

Ob Hannah mit Billa unterwegs war? Ein skeptischer Blick zum Himmel bestätigte ihm, dass das heute keine gute Idee war. Er blickte sich um und ging dann langsam den Waldweg entlang. Als die ersten Regentropfen fielen, schlug er die Kapuze seines Parkas hoch und blieb stehen. Eigentlich hatte er ja keine Zeit, nach Hannah zu suchen. Und warum auch? Schließlich war sie eine erwachsene Frau und durchaus in der Lage, sich vor dem Regenguss in Sicherheit zu bringen. Und das sollte auch er so schnell wie möglich tun.

»Du machst dich schon wieder lächerlich«, murmelte er und machte widerstrebend kehrt. In diesem Moment hörte er hinter sich Hannahs Stimme.

»Entschuldigung! Hallo, warten Sie doch bitte! Oh, Sie sind es.« Als Leon sich zu ihr umdrehte, blieb sie wie angewurzelt stehen. Ihr Mantel war vollkommen durchnässt, und ihr Haar klebte in nassen Strähnen um ihr Gesicht.

Hannah bemühte sich, wieder zu Atem zu kommen. »Sie haben nicht zufällig Billa irgendwo gesehen?«

Leon schüttelte überrascht den Kopf. »Nein. Ist sie Ihnen wieder ausgerissen?«

»Sie ist vorhin aus meinem Auto verschwunden.« Hannah wischte sich mit den Fingern über die Stirn und verfluchte den Regen, der ihre Frisur ruiniert hatte. »Ich habe keine Ahnung, wo sie hingelaufen sein könnte.«

»Sie ist aus dem verschlossenen Auto verschwunden?« Leon trat einen Schritt auf Hannah zu. »Sie sind ganz nass.«

»Sie werden auch nass, wenn Sie noch länger da stehen«, erwiderte Hannah. Langsam wurde ihr kalt, und sie unterdrückte ein Schaudern.

»Kommen Sie, Sie müssen sich erst einmal abtrocknen und aufwärmen«, entschied Leon und reichte ihr seine Hand.

»Aber ich muss Billa suchen.«

»Hannah, Sie werden sich erkälten, wenn Sie in den nassen Klamotten herumlaufen.« Er nahm sie einfach bei der Hand und zog sie mit sich zu den Autos. »Fahren Sie hinter mir her. In meinem Haus können Sie warten, bis der Regen nachlässt. Und dann suchen wir gemeinsam nach Billa.«

»Also gut.« Hannah sah ein, dass Leon recht hatte. Der Regen wurde immer stärker, und auch der Wind hatte weiter aufgefrischt. Sie setzte sich mit klappernden Zähnen hinter das Steuer ihres Wagens und folgte Leon, der seinen Jeep über einen asphaltierten Wirtschaftsweg zur Rückseite des Forsthauses lenkte.

Als sie vor dem halbhohen Jägerzaun, der das Grundstück umgab, anhielten, erlebte Hannah die zweite Überraschung des Tages. »Billa!« Sie sprang aus dem Auto.

Die Hündin kam ihnen schwanzwedelnd durch die offen stehende Gartenpforte entgegen und umtänzelte sie freudig.

»Was machst du denn hier?« Hannah ging in die Hocke und streichelte Billa erleichtert.

»Sie scheint ein gutes Gedächtnis zu haben«, meinte Leon und streichelte der Hündin ebenfalls über den Kopf.

Fragend blickte Hannah zu ihm auf.

Er lächelte. »Anscheinend hat sie sich daran erinnert, dass sie kürzlich erst hier war, und wollte mich besuchen.«

»Finden Sie das nicht ungewöhnlich?« Hannah erhob sich wieder. »Sie befreit sich aus einem geschlossenen Auto, um hierher zu laufen?«

»Vielleicht hat sich jemand einen Scherz erlaubt und sie hinausgelassen«, meinte Leon.

»Das kann ich mir nicht vorstellen.« Hannah schüttelte den Kopf und blickte wieder auf Billa hinab, die erwartungsvoll neben ihr saß. »Aber ich sollte sie jetzt wohl besser nach Hause bringen, bevor sie noch einmal davonläuft.«

»Sie sollten sich jetzt erst einmal abtrocknen und aufwärmen.« Leon winkte ihr, ihm zu folgen. »Ich mache Ihnen einen Kaffee.«

»Aber Sie haben bestimmt Wichtigeres zu tun, und ich kann mich auch zu Hause aufwärmen. Ich möchte Ihnen keine Umstände machen.«

»Ach was – Umstände!« Natürlich hätte er inzwischen längst bei seinen Waldarbeitern sein sollen, doch die mussten nun eben noch eine Zeitlang ohne ihn auskommen. Die Gelegenheit, für eine kurze Weile mit Hannah alleine zu sein, wollte er sich jetzt nicht mehr nehmen lassen.

»Immer hereinspaziert.« Er machte eine übertriebene Verbeugung, nachdem er die Haustür aufgeschlossen hatte, und trat unmittelbar hinter ihr in den Flur. »Geben Sie mir Ihren Mantel.« Er hatte sich selbst bereits aus seinem Parka geschält und trug ihn, zusammen mit Hannahs Mantel, ins Wohnzimmer, wo er beide an Haken neben einem großen offenen Kamin aufhängte. Dann machte er sich daran, das nur leicht glimmende Feuer anzufachen.

Billa, die sich hier wie zu Hause zu fühlen schien, rollte

sich auf einem kleinen Läufer zusammen und schloss die Augen. Hannah sah sich derweil in dem großen Wohnzimmer um, das von einer gemütlichen und schon leicht abgeschabten hellgelben Polstergarnitur beherrscht wurde. Das Mobiliar war aus dunklem Holz, die Regale mit Büchern vollgestopft.

»Ich hole Ihnen ein Handtuch und etwas zum Anziehen.« Leon verließ das Wohnzimmer und kam wenig später mit einem Badetuch und einem seiner Holzfällerhemden zurück. »Ein bisschen groß, aber wenigstens trocken. Das Gästebad ist den Gang runter, zweite Tür links.«

»Danke.« Hannah nahm verlegen die Sachen und flüchtete nun ihrerseits aus dem Wohnzimmer. Als sie im Badezimmer einen Blick in den Spiegel warf, schlug sie für einen Moment die Hände vors Gesicht. Warum hatte sie ihm nur ausgerechnet mitten in einem Regenguss begegnen müssen? Die Haare hingen ihr in nassen Strähnen ums Gesicht, und die Feuchtigkeit hatte ihr Make-up ruiniert. Außerdem war ihre Nase gerötet.

Resignierend drehte sie den Wasserhahn auf und beseitigte die kläglichen Reste von Farbe aus ihrem Gesicht. Dann zog sie ihre Bluse aus und hüllte sich in Leons wattiertes Hemd, das ihr bis auf die Oberschenkel reichte. »Sehr schick«, murmelte sie sich nach einem weiteren Blick in den Spiegel zu und krempelte die Ärmel mehrfach auf. »Damit gewinne ich bestimmt jeden Schönheitswettbewerb.« Sie trocknete ihre Haare, so gut es ging, und band sie im Nacken zusammen.

Als sie wieder ins Wohnzimmer trat, war Leon gerade im Begriff, ebenfalls in ein trockenes Hemd zu schlüpfen. Dabei erhaschte sie einen Blick auf seinen nackten Oberkörper, den sie sich lieber erspart hätte, weil er ihren Puls erheblich beschleunigte.

»Ich habe Kaffee aufgesetzt.« Leon winkte ihr, ihm in die Küche zu folgen. »Ist Ihnen warm genug?«

»Ich glaube schon.« Hannah ging zum Fenster neben der kleinen Eckbank und betrachtete angestrengt den noch immer unvermindert niederprasselnden Regen. »Müssen Sie nicht arbeiten?«

»Normalerweise ja, aber bei diesem Wetter erübrigt sich das wohl.« Er goss den Kaffee in zwei Becher, stellte sie auf den Tisch und trat dann hinter sie. »Allerdings kann ich nicht behaupten, dass mir das leid tut.«

Als sie spürte, wie er seine Hände auf ihre Schultern legte, durchrieselte sie ein leichter Schauer, und ihre Nackenhärchen stellten sich auf.

Schon seit er sie in seinem für sie viel zu großen Hemd gesehen hatte, wollte er sie berühren. Oder vielleicht schon länger? Ihre Reaktion ermutigte ihn und ließ ihn die Bedenken, die ihn zu überfallen drohten, über Bord werfen.

»Sie frieren noch immer«, sagte er nah neben ihrem Ohr.

»Nein, ich …« Sie schluckte und ließ es zu, dass er sie zu sich umdrehte. »Mir ist nicht kalt.«

Ihr leicht verwirrter Blick ließ Leons Herz einen heftigen Satz machen. »Du zitterst.«

»Mag sein.«

Er nahm eine Haarsträhne, die sich ihrem Zopf entwunden hatte, zwischen die Finger und spielte damit. »Mache ich dich nervös?« Er strich leicht mit der Fingerspitze über ihre heftig pochende Halsschlagader.

»Es scheint so.«

Lächelnd ließ er seine Finger bis in ihren Nacken wandern.

»Gut, dann geht es dir wie mir.« Er zog sie sanft zu sich heran und küsste sie.

Hannah hatte das Gefühl, als marschierten in ihrem Magen ganze Heerscharen von Ameisen auf. Wann hatte sie zum letzten Mal dieses Gefühl verspürt? Hatte sie es überhaupt schon einmal gehabt?

Als er einen Schritt zurücktrat und sie abwartend ansah, lächelte sie leicht. »Jetzt bin ich wirklich nervös.«

»Schlimm?« Wieder spielte er mit ihrer Haarsträhne.

Sie trat nun ihrerseits einen Schritt auf ihn zu. »Ich schätze, ich sollte Billa dafür dankbar sein.«

Während sich ihre Lippen erneut trafen, hörten sie hinter sich das Tapsen von Hundepfoten. Billa schnaufte leise und rollte sich unmittelbar neben ihnen auf dem Fußboden zusammen.

Leon zog Hannah fest in seine Arme und blickte kurz zu der Hündin hinab. »Ich bin es auf jeden Fall.«

Billa hob den Kopf und schaute mit wissendem Blick zu ihm auf. Leon grinste. »Ich glaube, sie hat mir gerade zugezwinkert.«

Hannah lachte leise. »Sei ehrlich, du hast sie bei unserem Besuch neulich bestochen, damit sie mir bei nächster Gelegenheit entwischt und mich zu dir bringt.«

»Die Idee könnte tatsächlich von mir sein.« Leon schickte sich an, sie erneut zu küssen, als Billa einen ungehaltenen Laut ausstieß. Im nächsten Moment klingelte irgendwo ein Handy.

»Mist.« Leon verdrehte die Augen und ließ widerstrebend von Hannah ab. »Das ist meins.« Er ging in ein Zimmer neben der Küche, das Hannah nach einem Blick durch den Türspalt als Büro identifizierte. »Ja? ... Wie?« Leon kam in die Küche zurück und drückte ihr, während er lauschte, einen der Kaffeebecher in die Hand. »Hör mal ... Was?« Er schüttelte den Kopf. »Igor, ich kann dich ganz schlecht ... Ich komme gleich.« Achselzuckend schaltete er das Handy ab. »Schlechter Empfang.« Er trank selbst einen Schluck Kaffee. »Irgendwas stimmt mit dem Bauholz nicht, das heute abgeholt werden sollte. Ich muss zu meinen Leuten und nachsehen, was da los ist.« Nach einem Blick aus dem Fenster grinste er. »Wir haben die Sonne hervorgelockt.«

Hannah nippte an ihrem Becher. »Du solltest dich auf den Weg machen.«

»Ja, leider.« Bedauernd zog er sie wieder an sich. »Sehen wir uns am Samstag?«

»Das will ich doch hoffen.«

»Soll ich euch abholen? Der Wetterbericht hat Schnee oder Eisregen für das Wochenende gemeldet.«

Hannah dachte wieder einmal an ihr wenig einladendes Sorgenkind von Haus und schüttelte den Kopf. »Nicht nötig, ich kenne den Weg ja jetzt. Und so weit ist es ja nicht – das werden wir auch bei schlechtem Wetter schaffen.« Sie ließ es zu, dass er sie noch einmal küsste, diesmal etwas heftiger. Seine Hände wanderten über ihr Rückgrat erst nach oben, dann wieder nach unten. Etwas atemlos ließ er sie schließlich wieder los. »Ihr solltet euch jetzt auf den Weg machen, sonst ...« Er ließ den Satz unvollendet, doch Hannah hatte ihn auch so verstanden. Ihr Puls jagte wieder in die Höhe. »Ich rufe dich an.« Er strich ihr die Haarsträhne hinters Ohr. »Grüß Paula von mir.«

11. Kapitel

»Wo steckst du denn?« Martin kam, in der Hand noch eine schwere Motorsäge, auf Leons Jeep zu. »Wolltest du nicht schon vor über einer Stunde hier sein?«

Leon stieg aus und winkte gleichzeitig ab. »Mir ist etwas Wichtiges dazwischen gekommen. Was gibt es denn für ein Problem?«

»Der Meister vom Sägewerk hat angerufen. Die Fahrer behaupten, wir hätten ihnen einen zu kleinen Holzpolter zugewiesen.«

Die beiden Männer gingen zu einem breit ausgefahrenen Waldweg, auf dem Igor gerade dabei war, einen Stapel Baumstämme farbig zu markieren.

Leon nickte ihm zu. »Tag, Igor. Bist du hier fertig? Dann zeigt mir mal bitte, um welchen Polder es sich handelt. Wann waren die Fahrer des Sägewerks hier?«

»Heute früh«, erzählte Igor und schraubte die Farbflasche wieder zu. »Ich war nicht dabei, schätze aber, dass einige Stämme gestohlen wurden. Die Menge für das Sägewerk war genau berechnet.«

»Habt ihr Spuren gefunden?«

»Wir haben noch gar nicht danach gesucht«, sagte Martin. »Erst mussten ja die restlichen Sturmschäden am Südrand beseitigt werden, und du warst ja nicht hier ...«

»Ja, ja, ist schon gut.« Leon stieß ihn freundschaftlich an. »Du brauchst nicht ständig darauf herumzureiten. Bei dem Regenguss vorhin habt ihr euch doch bestimmt in eure Autos verkrochen, oder?«

Martin brummelte etwas Unverständliches. Sie gingen eine ganze Weile schweigend den Waldweg entlang.

Schließlich schaute Martin seinen Freund und Vorgesetzten von der Seite an. »Was war denn so wichtig, dass du uns so lange warten gelassen hast?«

Als Leon nicht gleich antwortete, blieb Martin stehen. »Oha, Geheimnisse? Hat es vielleicht etwas mit dieser – wie hieß sie doch gleich? – zu tun? Ein kleines Stelldichein im Wald?«

»Halt die Klappe!«, knurrte Leon gespielt unfreundlich.

»Also ja.« Martin grinste zufrieden. »Igor, hast du gehört? Unser Freund hier fängt an, sich für Mädchen zu interessieren.«

»Ach?« Igor, der ein Stück vorausgegangen war, drehte sich neugierig um. »Wer ist sie denn?«

»Eine alleinerziehende Mutter aus dem Kindergarten, nicht wahr?«, feixte Martin.

»Das ist privat, okay?« Leon schüttelte den Kopf. »Ihr benehmt euch wie die Kinder.«

»O nein.« Martin hob scherzhaft den Finger. »Wir nicht. Aber du scheinst dich endlich wieder wie ein erwachsener ...«

»Hier!«, rief Igor dazuwischen. »Hier sind tatsächlich Spuren von einem Auto mit Anhänger. Die sind noch frisch, bestimmt von heute Nacht.«

»Lass sehen.« Leon ging neben Igor in die Hocke und betrachtete die Reifenspuren. »Der Regen hat sie schon zu stark verwaschen. Das Profil ist nicht mehr erkennbar.«

»Die sind trotzdem frisch«, bestand Igor auf seiner Einschätzung. »Außerdem war ich gestern erst hier, und da waren die Abdrücke noch nicht da. Hier fährt doch sonst niemand. Der Polder für das Sägewerk war der einzige auf diesem Stück hier.«

Leon nickte und erhob sich. »Dann müssen wir das zur Anzeige bringen. Und ich informiere das Sägewerk. Wisst ihr, wie viel Holz gefehlt hat?«

»Fast zwanzig Meter«, antwortete Igor.

Leon nickte grimmig. »Haben wir hier Empfang?« Er klappte sein Handy auf. »Anscheinend nicht. Wird Zeit, dass oben auf der Bergkuppe ein Sendemast errichtet wird. Lasst uns zu den Autos zurückgehen.«

»In einer Stunde kommt der Transporter für das Bauholz, das unten im schrägen Hang liegt«, informierte Martin ihn. »Vielleicht sollten wir kurz nachsehen, ob dort noch alles vorhanden ist.«

Während sie die Haustür aufschloss, blickte Hannah prüfend auf ihre Uhr. Sie hatte noch fast drei Stunden Zeit, bis Silke Paula nach Hause brachte. Ihre Freundin hatte das Mädchen vom Kindergarten abgeholt und mit ins Tierheim genommen. Paula liebte diese Ausflüge, und Hannah war froh, auf diese Weise ein paar ruhige Stunden zu haben. Die Zeit würde sie zum Arbeiten nutzen und hinterher das Lieblingsgericht ihrer Tochter – Spaghettipizza – zubereiten.

Leise vor sich hin summend hängte sie ihre nassen Kleider zum Trocknen über die Lehnen der Küchenstühle und füllte Billas Napf mit frischem Wasser.

Die Hündin hatte sich sofort nach ihrer Ankunft auf einen Rundgang durchs Haus begeben und kam nun die Treppe heruntergetapst. Statt jedoch auf Hannahs Ruf in die Küche zu kommen, blieb sie mitten im Flur stocksteif stehen und legte den Kopf lauschend auf die Seite. Dann stieß sie ein leises Bellen aus, rannte zur Kellertür und kratzte aufgeregt daran. Dabei stieß sie ein aufforderndes Winseln aus.

Irritiert kam Hannah aus der Küche. »Was ist denn los,

Billa? Willst du in den Keller? Da ist es doch schrecklich ungemütlich, und alles steht noch voller Umzugskartons.«

Doch Billa kratzte weiter an der Tür und stieß erneut ein dringliches Bellen aus. Hannah öffnete achselzuckend die Kellertür, worauf Billa wie ein Pfeil die Treppe hinabschoss.

»Was soll's, dann schaue ich auch gleich nach der Wäsche«, murmelte Hannah, in Gedanken noch immer mehr bei Leon als zu Hause.

Von unten drang jetzt jedoch aufgeregtes Gebell, das sie veranlasste, schneller als beabsichtigt hinabzusteigen. »Was ist denn bloß los mit dir?«, rief sie und ging dem Gebell nach. In der provisorischen kleinen Waschküche blieb sie erschrocken stehen. Billa stand vor der schmalen hinteren Wand des kleinen Raumes und bellte wie verrückt. Und Hannah erkannte auch sofort, weshalb. Ein großer Wasserfleck drückte sich durch den Putz an der Mauer bis zum Boden.

»O nein!« Hannah war mit wenigen Schritten an der Wand und tastete sie ab. »Das ist bestimmt ein Rohrbruch! Verdammt, auch das noch!« Sie blickte auf die aufgeregte Hündin hinab. »Wie hast du das bloß gewusst? Das hätte ich bestimmt erst heute Abend oder morgen entdeckt.« Sie streichelte Billa anerkennend über den Kopf, überlegte aber bereits, was sie nun tun und wen sie zuerst verständigen musste.

»Diesmal warte ich nicht, bis mir der liebenswerte Herr Marbach seinen Onkel schickt«, beschloss sie, eilte nach oben und holte sich die Gelben Seiten hervor. Nur wenige Minuten später hatte sie einen Handwerker gefunden, der ihr versprach, sofort zu kommen. Und erst als der Mann den Schaden begutachtet, ihr einen groben Kostenvoranschlag gemacht und bereits mit der Arbeit begonnen hatte, wählte sie die Handynummer ihres Vermieters.

»Marbach?«, kam es Augenblicke später, unterlegt von dem typischen atmosphärischem Rauschen und Knacken, aus ihrem Hörer.

Sie blickte genervt zur Decke. »Hallo, hier ist schon wieder Mayer. Es tut mir leid, dass ich Sie dauernd belästige, aber ich habe hier ein ziemliches Problem.«

Als Antwort kam ein abgehacktes und unverständliches Gemisch aus Stimme und Rauschen.

»Ich habe einen Wasserrohrbruch im Keller«, sagte sie und hoffte, er würde sie besser verstehen als sie ihn.

»... nicht sein«, kam es vom anderen Ende. »... Leit... alle in Ord...«

»Dann kommen Sie mal her und sehen sich die Kellerwand an!«, fauchte Hannah. »Da ist gar nichts in Ordnung.« Im Hintergrund hörte sie das Aufheulen eines Motors und ein Quietschen, das sie nicht zuordnen konnte.

»... mehr hier rüber!«

Erschrocken hielt Hannah den Hörer ein Stück vom Ohr weg, da ihr Vermieter diesen Befehl laut gebrüllt hatte.

»... hören Sie ... jetzt nicht. Keine Lust ... schon wieder ... schicke Ihnen ...«

Hannah platzte der Kragen. »Was soll das heißen, Sie haben keine Lust, sich darum zu kümmern? Es ist Ihr Haus! Sie haben es mir vermietet, und ich bin davon ausgegangen, dass es auch bewohnbar ist. Setzten Sie gefälligst Ihren Hintern in Bewegung und schauen sich den Schaden an!«

Die Antwort war wieder nicht zu verstehen.

Hannah schnaubte erbost. »Und Sie brauchen Ihren armen Onkel gar nicht zu bemühen. Ich habe bereits einen Handwerker hier, der den Schaden behebt. Die Rechnung geht aber an Sie. Das sollten Ihnen klar sein.«

»… unverschämt werden … kann auch … anderen Ton reden«, kam trotz der ständigen Störungen hörbar aufgebracht die Antwort.

Hannah schüttelte fassungslos den Kopf. »Nun hören Sie mir mal gut zu! Ich bin keinesfalls unverschämt, und ich habe ja wohl das Recht und die Pflicht, Sie darüber zu informieren, dass das Haus, das Sie mir vermietet haben, eine Bruchbude ist. Sie als Vermieter haben dafür Sorge zu tragen, dass die Wasserinstallationen alle funktionieren. Im Keller ist ein Rohrbruch; ich habe einen Handwerker damit beauftragt, das zu reparieren, und Sie bezahlen die Rechnung. Ich hoffe doch wohl, dass diese Postfachadresse, die Sie im Mietvertrag angegeben haben, noch stimmt.«

»Was hat … Adresse damit …«

»Himmel, ich werde Ihnen die Rechnung zuschicken! Aber wenn die Adresse genauso falsch ist, wie die Festnetzrufnummer, die Sie angegeben haben …«

»Die Adresse … korrekt … von mir aus schicken … ein andermal … jetzt zu tun. Dieses blöde Haus … letzten Nerv.«

»Wissen Sie was? Rutschen Sie mir doch den Buckel runter!«, schimpfte Hannah und unterbrach die Verbindung. Fuchsteufelswild ging sie in der Küche auf und ab. »So eine Frechheit! Nennt mich unverschämt, dabei ist er es, der sich unmöglich benimmt. Na warte, wenn ich den Kerl in die Finger kriege!«

Sie blieb stehen, als Billa vor ihr auftauchte und beschwichtigend winselte. Hannah bemühte sich um Ruhe und ging vor der Hündin in die Hocke. »Ist schon gut, meine Süße. Du kannst nichts dafür. Dieser blöde Kerl regt mich nur dermaßen auf! Vermietet mir ein Haus, das fast auseinanderfällt, und tut dann so, als wolle ich ihm nur die Zeit stehlen. Hätte er die Bude mal vorher richtig renoviert.« Sie streichelte Billa, die sogleich den Kopf auf ihr Knie legte. »Dann hätten wir die ganzen Probleme jetzt nicht. Eigentlich müsste ich mich ja beim Mieterbund beschweren. Oder sofort wieder ausziehen. Aber das geht nicht so einfach. Wo soll ich denn so schnell eine passende Wohnung oder ein anderes Haus finden?«

Billa hob den Kopf wieder und leckte ihr übers Kinn.

Hannah lächelte. »Ja, stimmt, und aus der Stadt will ich jetzt natürlich auch erstmal nicht weg.« Sie setzte sich kurzerhand auf den kleinen Läufer unter sich und knuddelte Billa. »Du magst Leon auch, nicht wahr?«

Billa schnaufte und legte sich quer über Hannahs Schoß.

»Ich wüsste nur zu gerne, wie du aus dem Auto rausgekommen bist«, murmelte Hannah. »Eigentlich sollte ich dir ja böse sein …« Sie schmunzelte, als Billa sich genüsslich auf den Rücken drehte und sie damit aufforderte, sie am Bauch zu kraulen. »Aber das fällt mir schwer, jetzt, wo ich weiß, wie gut dieser Mann küssen kann.«

Wieder stieß Billa ein Schnaufen aus, diesmal klang es etwas ungeduldig.

»Ja, ja, ich weiß, daran sollte man einen Mann nicht messen.« Hannah lächelte in sich hinein und spürte noch einmal dem Nachhall des Kribbelns nach, dass sie in Leons Gegenwart verspürt hatte. »Aber es ist immerhin ein Anfang, oder? Und ich finde, ein vielversprechender Anfang noch dazu. Aber nun steh auf, du bist nämlich ganz schön schwer.«

Gehorsam rollte sich Billa auf den Bauch und stand auf. Auch Hannah erhob sich und ging dann in den Keller, um sich über den Fortgang der Reparaturarbeiten zu informieren.

Leon warf verärgert sein Handy auf den Beifahrersitz seines Jeeps. Der Tag hatte so schön begonnen, doch nun schien sich alle Welt gegen ihn verschworen zu haben. Fluchend ließ er den Motor an.

Martin, der gerade auf dem Weg zu ihm war, klopfte gegen die Fensterscheibe. »Hey, wo fährst du denn hin? Wollten wir nicht einen Happen essen gehen?«

Leon ließ die Scheibe halb herunterfahren. »Geht nicht.«

»Was ist denn mit dir los?« Martin schaute ihn überrascht an. »Du siehst aus, als wolltest du jemanden erwürgen.«

»Würde ich auch gerne. Das verdammte Handy steht heute nicht still. Und jetzt hat gerade jemand von der Straßenmeisterei angerufen. Drüben an der Bundesstraße liegt eine angefahrene Hirschkuh.«

»Fahrerflucht?«

»Was sonst?«, grollte Leon.

»Klar, was sonst.« Verständnisinnig nickte Martin. »Aber abgesehen davon bin ich auch nicht allerbester Stimmung. Ich hatte gerade wieder einen Anruf von dieser ... Ach, vergiss es! Obwohl, vielleicht kannst du mir einen Rat geben. Da gibt es eine Sache, die mir ziemlich an die Nerven geht.«

Leon nickte. »Erzähl mir nachher davon. Ich muss los. Wir sehen uns dann.« Er ließ die Scheibe wieder hochfahren und gab gleichzeitig Gas.

12. Kapitel

Das Essen war sehr lecker«, sagte Hannah, während sie Leon dabei half, das Geschirr zusammenzuräumen und in die Küche zu tragen. Sie hatten einen vergnüglichen Nachmittag mit den Kindern und Billa im Wald verbracht, Tannenzapfen für die Adventsdekoration gesammelt, und hinterher hatte Leon sie noch zum Abendessen eingeladen.

»Das ist das erste Mal, dass Paula, ohne zu meckern, Gemüse gegessen hat«, fuhr Hannah lächelnd fort. »Allerdings habe ich auch noch nie versucht, es in einer Lasagne zu verstecken.«

»Ein Trick, den meine Tante schon bei mir angewendet hat«, erklärte Leon, während er das Geschirr in die Spülmaschine räumte.

»Deine Tante?«

Er nickte. »Mein Bruder und ich sind bei ihr und meinem Onkel aufgewachsen. Meine Eltern sind bei einem Verkehrsunfall umgekommen, als ich sechs Jahre alt war.«

»Oh.« Hannah verzog betroffen das Gesicht. »Das tut mir leid.«

»Es ist nicht zu ändern. Aber ich hoffe doch, Tante Agnes hat dennoch einen passablen Menschen aus mir gemacht.« Er zwinkerte ihr auf seine, ihr mittlerweile schon vertraute Weise zu.

»Und …« Sie zögerte. »Marios Mutter?« Als sie sah, wie sich seine Miene schlagartig verfinsterte, verfluchte sie ihre Neugier sofort.

Er zuckte jedoch nur mit den Schultern. »Sie ist gegangen, als Mario kaum ein halbes Jahr alt war. Zu Weihnachten schickt sie ihm ein Paket mit Geschenken, und zu seinem Geburtstag besucht sie ihn.« Er wandte sich ab und beschäftigte sich mit dem Spüllappen. »Sie ist kein Thema für einen gemütlichen Abend.« Er drehte sich wieder zu ihr um und versuchte ein Lächeln. »Wir sollten mal nachsehen, was die zwei Rabauken da im Wohnzimmer anstellen. Den Geräuschen nach reißen sie gerade das Mobiliar ab.«

Gemeinsam gingen sie ins Wohnzimmer hinüber, wo Mario und Paula mit Billa auf dem Teppich vor dem Kamin herumtollten. Im Hintergrund lief der Fernseher.

»Hey, ihr zwei!«, rief Leon die Kinder zur Ruhe. »Dies ist ein Wohnzimmer, kein Spielplatz. Ich schlage vor, ihr geht jetzt mal nach oben in dein Zimmer, Mario.«

»Kann Billa mitkommen?« Paula kniete neben der Hündin und hatte ihr beide Arme um den Hals gelegt.

»Lieber nicht«, sagte Leon entschieden. »So wie ich euch kenne, habt ihr sie in null Komma nichts im Bett. Sie bleibt besser hier unten bei uns.«

Paula und Mario zogen lange Gesichter.

Hannah blickte auf die Uhr und räusperte sich leise. »Wir sollten uns wohl langsam auf den Heimweg machen. Für heute Abend ist schlechtes Wetter angesagt. Außerdem ist ja schon bald Schlafenszeit …«

»Och Mensch!«, protestierte Paula.

»Könnt ihr nicht noch hierbleiben?«, bettelte gleichzeitig Mario.

Hannah sah etwas unsicher zu Leon hin, der soeben einen Blick aus dem Fenster warf. »Es scheint, als sei das schlechte Wetter schon da«, meinte er und öffnete die Terrassentür. »Es regnet.« Er trat hinaus und verschwand in der Dunkelheit. Als er wenig später zurückkehrte, war sein Hemd durchnässt, und aus seinen blonden Haaren tropfte das Wasser. »Ich glaube, jetzt mit dem Auto zu fahren ist keine gute Idee. Das ist ein ausgewachsener Eisregen. Die Straße ist spiegelglatt.«

»Mama, bleiben wir dann doch hier?«, wollte Paula prompt wissen.

Hannah warf nun selbst einen Blick aus dem Fenster. »Na

ja, zumindest sollten wir warten, bis der Regen aufhört. Und irgendwann wird die Straße doch bestimmt gestreut, oder?«

»Heute mit Sicherheit nicht mehr«, antwortete Leon. »Bis alle Hauptstraßen der Umgebung abgestreut sind, ist es später Abend.« Er lächelte, als er Hannahs leicht entsetzte Miene sah. »Wie es aussieht, bleibt ihr also besser über Nacht hier.«

Paula und Mario brachen in lautes Jubelgeheul aus.

»Wir haben ein nettes kleines Gästezimmer oben.«

»Meinst du wirklich?« Hannah fühlte sich ein wenig merkwürdig bei dem Gedanken, die Nacht in Leons Haus zu verbringen. Zwar sah sie ein, dass eine Heimfahrt bei diesem Wetter zu gefährlich war, dennoch zögerte sie. »Vielleicht hört es ja bald wieder auf zu regnen.«

»Aber die Temperaturen werden noch weiter sinken und das Eis auf den Straßen so schnell nicht tauen.« Leon konnte Hannahs Gedanken von ihrem Gesicht ablesen. Er war selbst nicht frei von Zweifeln, ob es gut war, sie einfach über Nacht einzuladen. Schon gar nicht, seit das Gespräch vorhin auf Yvonne gekommen war. Damals hatte er zeitweilig den Kopf verloren und viel zu überstürzt gehandelt. Und sie hatte ihn nur benutzt und ihn dann einfach wieder aus ihrem Leben verbannt. Noch einmal, da war er sich sicher, würde er so etwas nicht verkraften. Andererseits war Hannah ganz anders als Yvonne, und der Ausdruck, der sich auf ihrem Gesicht abzeichnete, ließ ihn hoffen, dass sie die Situation nicht auf die leichte Schulter nahm.

»Mama, bleiben wir denn jetzt hier?«, drängelte Paula und hüpfte mit Mario im Zimmer auf und ab.

Um eine gleichmütige Miene bemüht, schalt sich Hannah eine dumme Gans. Was war schon dabei, wenn sie hier übernachteten? Wie es aussah, war es sinnlos, darauf zu hoffen, heute noch nach Hause zu kommen. Und Paula würde sie eine große Freude machen. Fraglich war nur, ob sie sich selbst damit einen Gefallen tat. Denn auch wenn es offenbar ein Gästezimmer gab, war sie sich nicht sicher, ob sie es zu Gesicht bekommen würde.

Den Ausschlag gab schließlich Billa, die einen merkwürdigen Laut zwischen Winseln und Bellen ausstieß, einmal um Hannahs Beine strich und es sich dann mit einem Satz auf einem der Sessel bequem machte und demonstrativ die Augen schloss.

»Da, Billa will auch hier schlafen«, rief Paula und zupfte an Hannahs Ärmel. »Ich will auch! Bitte, bitte!«

Leon sagte nichts, sondern sah sie nur abwartend an. Schließlich seufzte sie und nickte ergeben. »Also gut, es scheint, als bliebe uns sowieso keine andere Wahl.«

Die beiden Kinder brachen erneut in wildes Indianergeheul aus und rannten polternd die Treppe ins Obergeschoss hinauf. Leon schaute ihnen mit einem nachsichtigen Grinsen hinterher, dann blickte er Hannah wieder ins Gesicht.

Einigermaßen verlegen sah sie zu Billa hinüber. »Tja, das war so eigentlich nicht geplant.«

»Ach, und ich dachte, du hättest das schlechte Wetter absichtlich bestellt.« Leon lächelte. »Wir schauen mal besser, was die beiden da oben treiben, sonst sieht Marios Zimmer in Rekordzeit wie ein Schlachtfeld aus.«

»Und es macht dir bestimmt nichts aus …?« Sie folgte ihm nach oben und sah dabei zu, wie er die Tür zu einem kleinen Raum, wohl dem Gästezimmer, öffnete und eine Klappliege hervorholte, die er ins Kinderzimmer trug.

»Auf dieser Liege habe ich immer geschlafen, wenn ich …«

Er hielt inne. Wenn ich damit beschäftigt war, das Haus meiner Großeltern für Yvonne und mich herzurichten. Er schüttelte die Erinnerung ab. »Als ich noch kein Bett hier hatte«, schloss er und klappte die Liege auseinander.

»Schlafe ich heute Nacht da drauf?«, wollte Paula wissen.

»Jawohl, junge Dame, das ist Euer Lager für die Nacht.« Er verbeugte sich spielerisch vor ihr.

Paula kicherte, und die Kinder sahen zu, wie Leon Bettwäsche, eine Decke und ein Kissen aus einem Schrank im Flur holte und die Liege mit geübten Händen in ein gemütliches Bett verwandelte. Da sie sich noch immer etwas unwohl fühlte, schnappte sich Hannah das Kissen und den Bezug, um wenigstens ihre Hände zu beschäftigen.

Danach legte Leon noch einen von Marios Schlafanzügen heraus und zeigte Hannah das Badezimmer.

Paula und Mario protestierten lautstark, als sie zu Bett geschickt wurden, und gaben erst Ruhe, nachdem Hannah versprochen hatte, ihnen noch etwas vorzulesen.

Mario zog ein dickes Märchenbuch aus dem Regal neben seinem Bett und drückte es ihr in die Hand.

Leon lächelte ihr zu. »Ich mache dann mal das Gästezimmer fertig.«

Während Hannah den Kindern, die sich gemütlich in ihre Decken gekuschelt hatten, das Märchen von Aladin und der Wunderlampe vorlas, hörte sie Leon in Nebenzimmer rumoren und den Regen, der vom Wind gegen die Fensterscheiben gepeitscht wurde. Kurz darauf ging Leon am Kinderzimmer vorbei und zwinkerte ihr zu, dann hörte sie seine Schritte auf der Treppe.

Plötzlich war sie froh, durch das Vorlesen noch eine Weile im Kinderzimmer bleiben zu können, und ließ sich noch zu einem zweiten Märchen überreden. Doch als sie die Geschichte beendet hatte, waren beide Kinder selig eingeschlummert, und sie hatte keine Ausrede mehr, hier oben zu bleiben.

Wieder schimpfte sie mit sich selbst. Sie stellte sich schlimmer an als ein Teenager! Es wurde wirklich Zeit, dass sie aufhörte, Angst vor sich selbst zu haben.

Sie straffte die Schultern und ging entschlossen die Treppe hinunter. Leon hatte eine Flasche Wein geöffnet und saß auf der Couch. Bis auf eine kleine Leselampe hatte er alle Lichter gelöscht, so dass das Feuer im Kamin einen romantischen Schein verströmte. Billa lag noch immer dekorativ zusammengerollt auf dem Sessel.

Hannah blieb in der Wohnzimmertür stehen. »Es fehlt nur noch irgendeine schnulzige Musik, dann könnte ich meinen, ich wäre in einem Film gelandet«, sagte sie.

Leon lachte. »Findest du? Ich kann gerne Musik anmachen, aber mit gefällt das Knacken des Feuers viel besser.« Er winkte sie zu sich. »Setz dich! Ich falle schon nicht über dich her.«

Nun noch verlegener ließ Hannah sich neben ihm nieder und nahm das Glas, das er ihr hinhielt. Sie nippte daran und bemühte sich nach Kräften, sich zu entspannen. »Ein guter Wein«, meinte sie. »Geht der auch auf dein Konto des allzeit bereiten Pfadfinders, oder hattest du den nur zufällig im Haus?«

Leon verzog gequält das Gesicht. »Ich hatte dich doch gebeten, das zu vergessen! Jetzt glaubst du mir bestimmt nicht, wenn ich dir erzähle, dass ich diesen Wein tatsächlich nur zufällig hier habe. Ein Bekannter hat ihn mir vor einiger Zeit geschenkt, nachdem ich ihm geholfen hatte, sein Auto aus dem Graben zu ziehen.«

Hannah trank erneut einen Schluck und hoffte, der Alkohol würde ihr helfen, lockerer zu werden. »Nun, da ich das schlechte Wetter nicht bestellt habe, um uns hier einzuquartieren, und auch nicht glaube, dass du so einen guten Draht zum Wettergott hast, vermute ich, du sagst tatsächlich die Wahrheit.« Sie lächelte, erschrak jedoch leicht, als er ihr das Glas plötzlich wieder abnahm und auf den Couchtisch stellte.

»In diesem Punkt vielleicht.« Er strich ihr eine Haarsträhne hinters Ohr und ließ seine Finger dann in ihren Nacken wandern. »Aber in einer anderen Sache habe ich nicht ganz die Wahrheit gesagt.« Er beugte sich ein wenig zu ihr vor und knabberte an ihren Lippen. »Im Augenblick hält mich nämlich nur meine gute Erziehung davon ab, nicht doch über dich herzufallen.« Er zog sie näher zu sich und küsste sie.

»Bist du sicher, dass wir das tun sollten?«, fragte Hannah ein wenig atemlos, als er ihre Lippen für einen Moment wieder freigab.

Er schüttelte den Kopf. »Nein, das bin ich nicht. Und du?«

»Ich auch nicht.« Sie schlang ihre Arme um seinen Hals und küsste ihn erneut.

Sie bemerkten beide nicht, dass Billa sie seit einiger Zeit von ihrem Sessel aus beobachtete. Und ebenso wenig fiel ihnen auf, dass die Hündin nun mit einem Satz zu Boden sprang, ihnen noch einen langen Blick zuwarf und dann den Raum verließ. Nur ein leichter Luftzug wehte von der nur angelehnten Terrassentür her durch das Wohnzimmer bis in den Flur.

13. Kapitel

»Mama, Mama!« Paula blieb wie angewurzelt in der Tür zum Gästezimmer stehen und starrte auf das leere Bett. »Mama?«

»Hiiier! Hiiier, Paula!«, schrie Mario vergnügt, nachdem er die Tür zum Schlafzimmer seines Vaters aufgerissen hatte.

»O nein!« Hannah zog sich erschrocken und verlegen zugleich die Decke über den Kopf, während Mario bereits auf das Bett gesprungen war und an Leon herumzerrte. »Aufstehen, Papa, aufstehen!«

Nun kam auch Paula dazu und quetschte sich zwischen ihre Mutter und Leon. »Mama, warum schläfst du denn hier?«

Zögernd kam Hannah wieder unter der Decke hervor. »Ich ... weil ...«

»Weil es hier viel wärmer ist als im Gästezimmer«, kam Leon ihr lächelnd zu Hilfe. »Und es ist schöner, wenn man nicht allein schlafen muss, nicht wahr? Du hast doch auch gerne zusammen mit Mario in seinem Zimmer übernachtet.«

»Leon!« Hannah stieß ihn heftig in die Seite, doch Paula schien das Argument zu akzeptieren. Sie legte den Zeigefinger an die Nase und nickte dann. »Stimmt«, sagte sie. »Was gibt es zum Frühstück?«

»Wir haben Cornflakes mit Honig!«, rief Mario. »Und Milch und ...«

»Ja, ja, nicht so laut.« Leon hielt sich die Ohren zu. »Lasst uns erst mal aufstehen. Dann machen wir euch Frühstück.«

Paula und Mario krabbelten vom Bett und rannten kichernd die Treppe hinab.

»Guten Morgen.« Leon gab Hannah einen sanften Kuss. »Hast du gut geschlafen?«

Sie nickte. »Offenbar auch viel zu lange. Ich wollte eigentlich nicht ...«

»Was? Dass Paula und Mario etwas merken?« Schmunzelnd zupfte Leon an einer Strähne ihres zerzausten Haars. »Jetzt können wir nur noch das Beste daraus machen. Kaffee?«

»Äh ... ja. Aber den gibt es nicht unter dieser Decke!« Sie wehrte seine Hand ab, die zu ihr hinübergewandert war und nun langsam ihren Arm hinabglitt.

»Schade.« Leon verzog enttäuscht die Mundwinkel. »Aber du hast leider recht.« Mit Schwung stand er auf, klaubte seine Kleider vom Boden zusammen und verschwand im Bad.

»Wo steckt eigentlich Billa?«, fragte Hannah nur wenig später in der Küche. Leon hatte die Kaffeemaschine angeschaltet und deckte den Tisch. Mitten in der Bewegung hielt er inne. »Ich habe sie heute Morgen noch nicht gesehen.«

Besorgt rief Hannah ihre Tochter zu sich. »Hast du Billa nach draußen gelassen?«

»Nee, die ist doch gar nicht hier.« Paula schüttelte den Kopf und setzte sich seelenruhig an den Küchentisch. »Sie ist bestimmt weggeflogen. Zum Himmel rauf und zu den anderen Engeln. Und nachher kommt sie zurück.«

»So ein Unsinn!« Streng blickte Hannah ihre Tochter an. »Wenn sie schon wieder ausgebüchst ist, müssen wir sie sofort suchen.«

Leon nickte und verließ die Küche, um einen prüfenden Blick ins Wohnzimmer zu werfen. Bei seiner Rückkehr war seine Miene zerknirscht. »Offenbar haben wir gestern vergessen, die Terrassentür zu verschließen. Sie war nur angelehnt. Eine kluge Hündin wie Billa findet sicherlich leicht heraus, wie man sie ganz öffnet.«

»Hast du Spuren gefunden?« Alarmiert lief nun auch Hannah ins Wohnzimmer. Die Terrassentür stand noch immer einen Spalt weit offen; da es jedoch noch recht dunkel war, konnte sie draußen nur schemenhafte Umrisse erkennen.

»Wir müssen warten, bis es hell ist«, meinte Leon und legte ihr eine Hand auf die Schulter. »Vielleicht ist sie ja nur auf einem kleinen Rundgang und bis dahin schon wieder zurück.«

»Aber es ist nicht das erste Mal, dass sie ausbüchst. Ich muss unbedingt einen Weg finden, sie daran zu hindern.« Hannah fuhr sich mit beiden Händen über das Gesicht.

»Bisher ist sie doch immer wieder zurückgekommen«, versuchte Leon, sie zu beruhigen. »Lass uns bis nach dem Frühstück warten, danach gehen wir sie suchen. Und dann sehen wir weiter.«

Nicht sonderlich überzeugt nickte Hannah und ging zurück in die Küche. Sie hatte die Verantwortung für die Hündin übernommen. Was, wenn Billa nun etwas zustieß? Zwar hatte sich noch immer kein Besitzer gemeldet, doch das bedeutete ja noch lange nicht, dass Billa eine herrenlose Streunerin war. Und selbst wenn – sie hatte sie bereits ins Herz geschlossen und machte sich wirklich Sorgen!

»Ich muss im Tierheim Bescheid geben, wenn wir sie nicht finden.« Gleich nach dem Frühstück waren Leon und Hannah mit den Kindern auf die Suche nach Billa gegangen, doch nirgendwo war eine Spur von der Hündin zu finden. Paula schien das nicht weiter ungewöhnlich zu finden. Sie beharrte noch immer fest auf ihrer Geschichte, dass Billa als Engel jederzeit kommen und gehen konnte, wie sie wollte. Und Mario schloss sich ihrer Meinung an.

Hannah wunderte sich sehr über ihre Tochter, doch sie unterließ es, sie für ihre überbordende Phantasie zu schelten. Wahrscheinlich verarbeitete Paula auf diese Weise nur die Angst vor dem Verlust des neuen Familienmitglieds.

»Das wird wohl besser sein«, stimmte Leon Hannah zu. »Du kannst sofort dort anrufen, wenn du willst.«

»Hm.« Hannah sah sich noch einmal am Waldrand um. »Ich glaube, ich fahre lieber gleich da hin. Meine Freundin Silke arbeitet heute dort. Vielleicht weiß sie sich einen Rat.«

»Soll ich dich begleiten?«

»Nein.« Entschieden schüttelte Hannah den Kopf und lächelte schwach. »Das schaffe ich schon. Aber ... würde es dir etwas ausmachen, wenn ich Paula solange bei dir lasse?«

»Warum sollte es? Dann weiß ich wenigstens, dass du nachher wieder herkommst.« Leon zwinkerte ihr scherzhaft zu. »Wir drei kommen schon zurecht. Wir machen noch einen Spaziergang und bereiten danach ein tolles Mittagessen vor.«

»Danke, das ist nett von dir.« Hannah wollte ihm einen Kuss auf die Wange geben, doch er drehte den Kopf, so dass sich ihre Lippen trafen. Rasch drückte er sie an sich und zog den Kuss in die Länge, bis sie das Kichern der beiden Kinder vernahmen.

Hannah erwiderte verlegen sein jungenhaftes Grinsen und wandte sich an ihre Tochter. »Paula, das ist ...«

»Mama und Leon küssen sich im Wald ...« sang Paula jedoch bereits vergnügt und hüpfte um Mario herum, der gleich darauf in den Gesang einstimmte: »Papa und Hannah küssen sich im Wald ...«

Hannah lief vor Verlegenheit rot an, während Leon laut lachte und seinem Sohn eine leichte Kopfnuss verpasste. »Schluss jetzt, ihr Rabauken!«

»Ich … Ich werde dann mal fahren«, sagte Hannah und bemühte sich um eine gleichmütige Miene, da Paula und Mario sie noch immer frech umtanzten und nicht aus den Augen ließen.

Leon begleitete sie zu ihrem Auto und hielt ihr die Fahrertür auf. »Keine Sorge, Billa taucht schon wieder auf.«

Hannah nickte und stieg ins Auto. Während sie den kurzen Weg in die Stadt zurücklegte, beschloss sie, zuerst zu Hause vorbeizufahren und rasch ein paar saubere Kleider für sich und Paula zu holen.

Sie parkte ihr Auto vor ihrem Grundstück, stieg aus – und blieb wie angewurzelt stehen. Auf der obersten Stufe vor der Haustür saß Billa und blickte ihr erwartungsvoll entgegen. Als Hannah sich langsam auf sie zu bewegte, sprang die Hündin mit einem freudigen Bellen auf und rannte auf sie zu. Sie umtänzelte Hannah, leckte ihr die Hände und tat, als sei Hannah es, die plötzlich verschwunden war.

»Du liebe Zeit, Billa!« Hannah ging vor der Hündin in die Hocke und blickte ihr verwirrt ins lachende Hundegesicht. »Was machst du denn hier? Bist du den ganzen Weg von Leons Haus hierher gelaufen? Aber warum nur?« Sie streichelte über Billas Fell und tastete sie vorsichtshalber schnell ab, nur für den Fall, dass die Hündin irgendwo eine Verletzung hatte.

Billa ließ es sich gefallen und stupste sie mit der Nase am Kinn an. Dann stand sie auf und ging voran zur Haustür. Als Hannah nicht sofort folgte, bellte Billa auffordernd.

»Was ist denn jetzt?« Hannah kam nun nach und schloss die Tür auf. »Ach, du hast bestimmt Hunger, nicht wahr?« Sie stieß die Tür auf und wollte wegen des düsteren Novemberwetters das Licht im Flur einschalten. Es gab jedoch nur ein kurzes zischendes Geräusch, das Hannah zusammenzucken ließ. »Mist, die Birne ist hin. Na gut, dann komm so mit in die Küche.« Diesmal ging sie voran, doch auch in der Küche blieb, nachdem sie den Lichtschalter betätigt hatte, alles dunkel. »O je, anscheinend ist die Sicherung rausgeflogen.« Kopfschüttelnd legte Hannah den Schlüsselbund auf den Küchentisch. Billa fiepte leise und folgte ihr auf den Fersen hinunter in den Keller. Auch dort war natürlich alles finster.

»Zum Glück habe ich hier eine Taschenlampe liegen«, murmelte Hannah und tastete sich zu ihrer kleinen Waschküche. Die Stablampe lag im Regal über dem Trockner. Sie knipste sie an und ging dann in den benachbarten Raum, in dem sämtliche Strom-, Gas- und Wasserinstallationen des Hauses zusammenliefen.

Hannah seufzte. »Auch das noch, anscheinend hat es die Hauptsicherung herausgehauen. Sogar die Gastherme ist aus.« Sie öffnete den Stromverteilerkasten und betrachtete die drei Reihen Sicherungen, dann drückte sie achselzuckend die Hauptsicherung. Sofort sprangen die Therme und das Licht wieder an. »Na bitte.« Zufrieden wollte sie sich abwenden, als sie Billa erneut fiepen hörte.

Die Hündin saß vor einem alten Schrank in der hinteren Ecke und kratzte an der Tür. Hannah hatte diesen Schrank bislang kaum beachtet, denn er stammte entweder von den Vormietern oder vom Hausbesitzer. Bei ihrem Einzug hatte sie nur kurz einen Blick hineingeworfen. Er war vollgestopft mit Kartons voller Papiere und Fotos. Das hatte sie ganz vergessen! Sie hatte ja ihren liebenswürdigen Vermieter bitten wollen, die Sachen bei Gelegenheit zu entsorgen.

»Was willst du denn am Schrank, Billa?«

Da die Hündin keine Ruhe gab, öffnete Hannah die Tür

und warf einen Blick ins Schrankinnere. Es roch nach altem Papier und Staub. Billa stellte sich auf die Hinterbeine und kratzte an einem der Kartons.

»Was ist denn da drin?« Hannah wurde neugierig und zog die Pappschachtel hervor. »Igitt!« Als sie die fette tote Maus sah, die auf dem obersten Blatt Papier lag, zuckte sie zurück und ließ den Karton los, der krachend zu Boden fiel.

Billa bellte entrüstet und schnüffelte aufgeregt an dem Wust von Papieren, die sich über den Boden verteilt hatten.

»So was Blödes. Hast du etwa die Maus gerochen?« Hannah blickte finster auf die Unordnung hinab. Sie schob die Maus mit der Fußspitze beiseite und raffte die Dokumente zusammen. Billa fiepte wieder und versuchte, ihre Nase dazwischen zu schieben, doch Hannah schob sie beiseite. »Nichts da! Wir packen das schön wieder weg. Sind ja schließlich nicht meine Sachen.« Sie grummelte vor sich hin. »Wenn sie es wären, würden darin keine Nagetiere verrotten!« Sie packte einen Klarsichthefter verkehrt herum zuoberst auf den nun wieder vollen Karton und schob ihn entschlossen zurück in den Schrank. Wieder sprang Billa hoch und kratzte daran, doch Hannah schüttelte den Kopf. »Nein, Billa. Geh zur Seite. Da ist doch gar nichts für dich drin!« Sie schloss den Schrank ab und kehrte entschlossen zurück in die Küche, wo sie die Maus im Abfalleimer entsorgte. Danach füllte sie Billas Napf mit Hundefutter und sah der Hündin kurz beim Fressen zu, ging dann aber rasch hinauf in Paulas Zimmer und zog das Nötigste aus dem Kleiderschrank hervor. Zusammen mit ein paar frischen Kleidern stopfte sie alles in ihren kleinen Wanderrucksack. Bevor sie wieder hinunterging, wollte sie noch einen Blick in den Spiegel im Badezimmer werfen.

Sie öffnete die Tür, drückte den Lichtschalter und stand erneut im Dunkeln. »Verflixt!«, fluchte sie. »Was ist denn das schon wieder? Da stimmt doch was mit den Stromleitungen nicht.«

Sie eilte zurück in den Keller, drückte erneut den Schalter der Hauptsicherung und betätigte danach probeweise die Lichtschalter im Haus. Alle schienen einwandfrei zu funktionieren. »Also gut, dann rufe ich jetzt mal bei Leon an, damit er weiß, dass du zurück bist«, sagte sie zu Billa und griff nach dem Telefon. Da es in der Nische am Telefontisch jedoch zu dunkel war, wollte sie die kleine Tischlampe anknipsen.

Erneut fiel im ganzen Haus der Strom aus.

»Jetzt reicht es mir aber!« Erbost starrte sie auf den Telefonhörer. Dann knallte sie ihn zurück in die Station und rannte ein drittes Mal in den Keller. »Das ist doch wirklich nicht zu glauben!«, schimpfte sie dabei vor sich hin. »Jeden Tag geht hier etwas anderes kaputt. Wir müssen wieder ausziehen, sonst werde ich noch verrückt!«

Aus dem Keller zurück, schnappte sie sich ihre Handtasche, holte das Handy heraus und klickte sich durch das Telefonbuch zur Nummer ihres Vermieters.

14. Kapitel

Verdammt, es ist Sonntag!«, schimpfte Leon aufgebracht in sein Handy. »Kann man nicht mal da seine Ruhe haben?« Mit einem Blick auf Mario und Paula, die im Garten herumtollten, senkte er seine Stimme etwas. »Ich verstehe kein Wort! Habe ich nicht schon hundertmal gesagt, dass ich hier keinen Empfang habe? Warum, warum ... Weil verdammt noch mal jeder Depp ein Handy hat! Und weil ich immer erreichbar ... Kann das nicht jemand anderer ...? Schon gut, schon gut, ich komme.« Er schaltete sein Handy aus. »Saftladen«, grollte er. »Als hätte ich nichts Besseres zu tun, jetzt auch das noch. Sonntags!« Er blickte auf seine Armbanduhr und überlegte, was er zuerst tun und wie er dabei die Kinder beschäftigen sollte. Ärgerlicherweise hatte er nur Hannahs Festnetznummer. Wie sollte er sie jetzt erreichen und ihr sagen, dass er noch mal weg musste? Am besten nahm er die Kinder mit und hängte ihr einen Zettel an die Haustür, beschloss er.

Eine Viertelstunde später war er bereits mit dem Jeep unterwegs.

»Es ist einfach nicht zu fassen!«, regte Hannah sich auf, während sie mit Billa wieder ins Auto stieg. »Ich möchte mal wissen, was in diesen Mann gefahren ist. Er kann doch nicht ständig schlechte Laune haben. Was kann ich denn dafür, wenn der Strom in dieser Bruchbude ausgerechnet sonntags ausfällt? Als ob ich nichts Besseres zu tun hätte, als ihm damit auf die Nerven zu gehen.« Grimmig schaute sie in den Rückspiegel und begegnete dabei Billas Blick, der ihr so aufmerksam und sanftmütig erschien, dass Hannah trotz ihres Ärgers lächeln musste. »Du wunderst dich auch schon, weshalb ich mich dauernd so aufrege, was? Aber das muss ich doch wohl; wenn ich ihn nämlich recht verstanden habe, hat er mich ein hysterisches Weib genannt. Das muss man sich mal vorstellen!« Sie schüttelte den Kopf. »Er muss dieses Haus ja geradezu hassen, wenn es ihn jedes Mal dermaßen auf die Palme bringt. Ich verstehe bloß nicht, warum er es dann nicht einfach verkauft.« Sie schüttelte erneut den Kopf, diesmal über sich selbst. »Jetzt führe ich schon Selbstgespräche! Soweit hat er mich gebracht.« Sie lenkte ihren Wagen auf die Landstraße und gab Gas.

»Wenn ihr nicht einen wirklich guten Grund habt, mich an meinem freien Sonntag hierher zu bestellen, könnt ihr was erleben!« Leon funkelte seine beiden Waldarbeiter und Martin wütend an.

»Jetzt komm mal wieder runter.« Martin schien ebenfalls wenig begeistert von der sonntäglichen Zusammenkunft. »Du bist nicht der Einzige, der heute frei hat. Es sind schon wieder Holzpolter gestohlen worden. Aber diesmal mitsamt Tieflader.«

Leon stöhnte und verdrehte die Augen. »Wann und wo?«

»Heute Nacht irgendwann«, erklärte Igor und kratzte sich ratlos am Kinn. »Dabei wohne ich nicht mal weit weg von dem Platz, an dem der Tieflader stand. Ich habe aber nichts mitbekommen.«

»Und warum erfahre ich davon erst jetzt?«

»Weil dein verdammtes Telefon abgestellt war«, schnauzte Martin ihn an. »Und dein Handy geht ja hier die meiste Zeit nicht. Ich habe die Polizei und die Forstbehörde bereits informiert. Du musst aber trotzdem noch mal mit denen reden.«

Leon sah ihn irritiert an. »Ich habe mein Telefon nicht abgestellt. Warum auch?«

»Was weiß ich. Vielleicht wolltest du nicht gestört werden.« Martin sah ihn verdrießlich an. »Oder es ist kaputt«, gab er zu bedenken, als ihn Leons finsterer Blick traf. »Jedenfalls konnte ich dich heute früh nicht erreichen, und als ich bei dir vorbeigefahren bin, war niemand zu Hause.«

»Das muss ausgerechnet zu der Zeit gewesen sein, als ich

mit Hannah und den Kindern nach Billa gesucht habe«, murmelte Leon.

Sofort merkte Martin auf. »Wer ist Billa, und warum suchst du sie morgens um acht Uhr zusammen mit dieser Frau?«

»Sie ist nicht *diese Frau*«, brummte Leon ungehalten.

»Oh.«

»Und Billa ist ein Hund – Hannahs Hund –, der uns ausgebüchst ist.«

Martins Miene entspannte sich. Er grinste. »Darf ich daraus schließen, dass deine Hannah schon länger bei dir gewesen ist? Denn selbst für einen Frühstücksbesuch kommt mir acht Uhr an einem Sonntag etwas arg früh vor.«

»Schließ daraus, was du willst. Ich erwarte sie jedenfalls in Kürze zurück vom Tierheim, wo sie wegen der entlaufenen Hündin Bescheid geben wollte.« Er seufzte. »Und ich habe keine Lust, mich hier länger als nötig aufzuhalten. Außerdem habe ich die Kinder im Auto und auch noch andere Probleme.«

»Wer hat die nicht!« Nun wieder friedfertig klopfte Martin seinem Kollegen auf die Schulter.

Leon nickte. Bei Martins Worten war ihm eingefallen, dass sein Freund ihm kürzlich auch von seinen privaten Problemen erzählt hatte. »Wie läuft es bei dir?«

Martin zuckte mit den Schultern. »Der absolute Horror. Sie ruft mich ständig an und raubt mir den letzten Nerv. Wenn sie nicht bald damit aufhört, gehe ich die Wände hoch.«

Als Hannah Leons Zettel an seiner Haustür fand, musste sie schmunzeln. Offenbar war er als Förster das Mädchen für alles. Aber gut, sie würde sich gewiss daran gewöhnen. Und immerhin hatte er die Kinder mitgenommen. Sie beschloss, das versprochene Mittagessen selbst zu übernehmen. Er hatte ihr die Terrassentür offen gelassen – eine Angewohnheit, die es wohl nur auf dem Lande gab –, daher ging sie geradewegs in die Küche. Aus den Zutaten, die sie fand, ließ sich ein vorzügliches Menü bereiten.

Als sie begonnen hatte, die Kartoffeln für das Püree zu stampfen, kehrten Leon und die Kinder zurück. Er freute sich über das fast fertige Mahl und darüber, dass Billa wieder aufgetaucht war.

Während Hannah den Tisch deckte, überlegte sie, ob sie Leon wegen ihres Vermieters um Rat fragen sollte. »Kennst du eigentlich noch weitere Marbachs hier im Ort persönlich?«, fragte sie schließlich.

Überrascht sah er sie an. »Ein paar, warum?«

»Ich dachte nur. Ist darunter auch ein, äh, Markus, Michael oder Martin? Irgendwer, dessen Vorname mit M beginnt und der irgendwo in einer Fabrik arbeitet oder«, ihr war der Lärm eingefallen, der immer im Hintergrund herrschte, wenn sie ihren Vermieter anrief, »in einem Sägewerk?«

»Ich kenne einen Martin Marbach. Er ist ein Kollege. Wie kommst du darauf?« Neugierig lehnte sich Leon gegen den Küchentisch.

Hannah verzog das Gesicht. Ein Waldarbeiter war doch ganz sicher nicht ihr Vermieter, oder? »Ach, weißt du, ich habe im Moment ein paar Probleme mit meiner Wohnung, und der Vermieter ist ein Martin oder Michael Marbach ...« Sie schüttelte den Kopf. »Weißt du was, vergiss es. Ich will uns nicht den Tag damit verderben.«

Als Leon ihr später anbot, den Abend zur Abwechslung bei ihr zu verbringen, lehnte sie wieder kategorisch ab. Sie schämte sich mittlerweile ziemlich für ihr heruntergekommenes Haus, vor allem, da jetzt auch noch zu befürchten stand, dass der Strom wieder ausfiel. Lieber suchte sie für sich und Paula, so schnell es ging, eine neue Bleibe. Womöglich fühlte er sich sonst noch verpflichtet, ihr beim Renovieren zu helfen, und er hatte doch gesagt, dass er von handwerklichen Arbeiten nicht gerade begeistert war.

Leon wunderte sich etwas darüber, dass Hannah jedes Mal ablehnte, wenn er anbot, sie zu besuchen. So schlimm konnte ihre Wohnung doch wohl nicht ein. Aber sicherlich hatte sie einen guten Grund dafür. Dennoch kam es ihm merkwürdig vor. Andererseits kannten sie sich wirklich noch nicht lange, und bisher hatte sie auch noch kaum etwas über sich und ihre Vergangenheit erzählt. Er würde ihr wohl noch etwas Zeit geben müssen. Da seine Gefühle für sie nach dieser kurzen Zeit tiefer gingen, als er es für möglich gehalten hätte, war er gerne bereit dazu und freute sich, als sie vorschlug, ihn am Mittwochnachmittag zu besuchen. Bis dahin wollte er sich nach einem Mietshausbesitzer namens Markus oder Michael Marbach umhören. Wenn sie Probleme mit ihrer Mietwohnung hatte, wollte er ihr gerne beistehen.

15. Kapitel

Vergnügt ließ sich Hannah zwei Wochen später auf ihre Couch sinken und sah ihre Post durch. Paula lag nach einem ereignisreichen Tag im Tierheim bereits im Bett und schlief fest; sie selbst war nach dem Nachmittag, den sie allein mit Leon verbracht hatte, so glücklich wie selten zuvor. Sie wäre gerne länger oder sogar wieder über Nacht bei ihm geblieben, jedoch hatte sie morgen einen sehr frühen Baustellentermin, für den sie heute Abend unbedingt noch Unterlagen vorbereiten wollte. Sie hatten sich erst für Samstagabend verabredet, da Leon freitags zu einer Fortbildung fahren musste.

Hannah überlegte, dass ihr die Zeit bis dahin sehr lang werden würde, als ihr zwischen zwei Werbeflyern ein handbeschrifteter Briefumschlag auffiel. Sie lächelte. Die Handschrift kannte sie. Schade, dass Paula schon schlief; Torsten hatte den Brief bestimmt geschickt, damit seine Tochter ihren Spaß daran hatte.

Sein alljährlicher Besuch vor Weihnachten stand an; sicherlich würde er in den kommenden Tagen anrufen, um das genaue Datum mit ihr abzusprechen.

Hannah blickte sich im Wohnzimmer um. Dieser Raum und die Küche waren einigermaßen wohnlich geworden. Zumindest hatten sie und Paula in den vergangenen zwei Tagen Papierweihnachtssterne und einen Adventskalender aus Pappkerzen gebastelt und damit die Einrichtung verschönert. Doch so wirklich recht war es ihr nicht, jetzt auch noch Besuch zu empfangen. Leon hatte sie bisher erfolgreich davon abbringen können, herzukommen. Bei ihm zu Hause war es einfach viel schöner und komfortabler. Außerdem konnte man sich nach einem Spaziergang durch die winterlich eisige und mit Raureif überzogene Landschaft so wunderbar an seinem offenen Kamin aufwärmen.

Achselzuckend öffnete sie den Brief. Torsten und seine Frau Birgit waren wohl – außer Silke – die einzigen Menschen, die sie sich ohne Vorbehalte traute, hierher einzuladen. Dennoch überlegte sie, ob sie den beiden diesmal nicht lieber raten sollte, in einem Hotel zu übernachten. Was war, wenn der Strom wieder ausfiel? Ihr Vermieter hatte bisher noch keinen Elektriker geschickt. Zwar hatte es seit neulich keinen Zwischenfall mit der Hauptsicherung gegeben, aber man konnte ja nie wissen.

Seufzend überflog Hannah die Zeilen, die tatsächlich hauptsächlich an Paula gerichtet waren. Torsten erzählte von seinem neuen Haus in der Schweiz und in seiner ihm eigenen lustigen Art von seiner und Birgits neuen Arbeitsstellen.

Als das Telefon klingelte, schrak Hannah zusammen.

»Mayer?« Sie grinste. »Ich lese gerade deinen Brief. Nein, natürlich nicht, sie schläft schon längst. Wie? Ach ja, ganz gut soweit. Ich habe einen Auftrag so gut wie beendet und zum Glück schon zwei neue. Wann wollt ihr denn hier sein?« Sie runzelte die Stirn. »So früh diesmal ... Nein, ist schon in Ordnung, das macht mir nichts aus. Ich müsste dann nur eine Verabredung absagen ...« Sie lachte. »Du wirst es kaum für möglich halten, die Verabredung ist mit einem Mann ... Nein, wirklich! Ach was, er wird euch sicher gerne kennen lernen. Am Samstagnachmittag also? Ja, schon, aber eigentlich wäre es mir lieber, wenn ihr in ein Hotel gehen würdet.« Sie verdrehte die Augen. »Haha, sehr witzig. Nein, weißt du, das Haus hier ist nicht ganz so, wie ich es mir vorgestellt habe. Eine Bruchbude, um genau zu sein. Dauernd geht etwas kaputt und der Vermieter ... Ach was, ich erzähle euch davon, wenn ihr hier seid. Aber unter diesen Umständen wäre es wirklich angenehmer für euch ... Doch, bestimmt! ... Na gut, dann bereden wir das am Samstag. Bis dann also! Und grüß Birgit von mir.«

Hannah schaltete das Telefon aus und legte es auf den Couchtisch. Torsten und Birgit wollten also schon an diesem

Wochenende herkommen und bis zum dritten Advent bleiben. Hoffentlich kam bis dahin endlich ein Elektriker, um den verfluchten Sicherungskasten zu überprüfen, sonst würde sie selbst jemanden herbestellen.

Am besten versuchte sie, Leon gleich morgen zu erreichen, um ihn über ihre geänderten Pläne zu informieren und ihm ein gemeinsames Essen im Restaurant mit Torsten und Birgit vorzuschlagen. Sie hatte ihm ja bisher noch gar nichts über Paulas Vater erzählt, allerdings hatte er auch nicht danach gefragt. Vielleicht glaubte er, sie sei ähnlich traumatisiert wie er. Aus seinen wenigen Andeutungen hatte sie geschlossen, dass Marios Mutter ihn einst sehr verletzt haben musste.

Sie konnte wirklich von Glück sagen, dass ihr so etwas erspart geblieben war. Nach Paulas Geburt hatten sie und Torsten sehr schnell gemerkt, dass sie nicht für ein gemeinsames Leben bestimmt waren. Dennoch waren sie gute Freunde geblieben, und auch mit Birgit verstanden sie und Paula sich ausgezeichnet. Die Einzige, die kreuzunglücklich über das Ende ihrer Beziehung gewesen war, war Hannahs Mutter.

Sie seufzte erneut. Ihre Eltern würden zwischen Weihnachten und Silvester zu Besuch kommen. Und das war ihr unter den derzeitigen Umständen ganz und gar nicht recht. Ihre Mutter würde vermutlich, wie es ihre Art war, über all die kleinen Unzulänglichkeiten des Hauses mosern, und ihr Vater fühlte sich dann bestimmt befleißigt, den Heimwerker herauszukehren. Eine Sache, die sie gerne vermieden hätte, denn er war handwerklich vollkommen unbegabt.

Hannah schloss die Augen, öffnete sie jedoch sogleich wieder und blickte verwundert zum Flur, wo Billa ein leises Jaulen hatte verlauten lassen und nun an der Kellertür kratzte.

»Was ist denn nun schon wieder? Seit Tagen willst du

dauernd da runter – was soll das? Ich gehe nicht noch einmal auf Mäusesuche mit dir.« Hannah schüttelte entschieden den Kopf.

Billa fiepte noch einmal, kam zu ihr und legte ihr schnaufend den Kopf auf den Oberschenkel. Eindringlich sah sie Hannah aus ihren treuen Hundeaugen an, doch die schüttelte noch einmal den Kopf. »Du kannst betteln, solange du willst. Ich gehe heute bestimmt nicht mehr in den Keller.«

Der Laut, den Billa nun ausstieß, klang fast resignierend. Die Hündin sah sie noch immer eindringlich an, doch als sich Hannah nicht bewegte, rollte sie sich schnaubend vor der Couch zusammen und legte den Kopf auf die Pfoten.

Hannah schloss die Augen wieder und konnte deshalb nicht sehen, dass Billa sie lange betrachtete, bevor sie ebenfalls die Augenlider zuklappte.

16. Kapitel

Ungeduldig trommelte er mit den Fingern auf der Lehne des schweren Eichensessels, während er darauf wartete, dass sein Onkel aus dem Garten hereinkam.

Richard Bogner sah schon durch das Fenster, dass sein Neffe nicht in bester Stimmung war, und ließ sich mit dem Ausziehen seiner schlammbespritzten Stiefel Zeit. Erst nachdem er sich auch noch ausgiebig die Hände gewaschen hatte, setzte er sich ihm gegenüber auf die Couch. »Hallo, Junior«, sagte er gemächlich und musterte ihn neugierig. »Schön, dass du mal wieder bei uns reinschaust. Deine Tante und ich freuen uns immer …«

»Nenn mich doch nicht immer Junior«, unterbrach sein Neffe ihn gereizt. »Ich sage doch auch nicht ›Senior‹ zu dir.«

»Das will ich dir auch nicht geraten haben.« Richard schmunzelte und lehnte sich zurück. »Also sag schon, was gibt es? Du scheinst ja nicht gerade in bester Stimmung zu sein. Harte Arbeit?«

Leon lehnte sich ebenfalls zurück. Sein Onkel schaffte es beinahe immer, ihn zu beruhigen. Doch heute brodelte es einfach noch zu stark in ihm. Er setzte sich wieder auf. »Du hattest recht.«

»Oh?« Richard blinzelte überrascht. »Womit?

»Ich hätte das alte Haus leerstehen lassen sollen. Oder verkaufen. Oder abreißen lassen.« Er stand auf und ging aufgebracht im Zimmer auf und ab. »Diese Mieterin hat heute schon wieder angerufen. Offenbar gibt es Probleme mit den Stromleitungen. Sie hat vor zwei Wochen schon mal darüber gemeckert, und jetzt behauptet sie, der Sicherungskasten müsse erneuert werden.«

»Das ist ärgerlich«, bestätigte Richard. »Hast du die Leitungen nicht erst kürzlich überprüfen lassen?«

»Ich bin nicht dazu gekommen«, wich Leon aus.

»Du meinst, du hast es vor dir hergeschoben«, korrigierte Richard prompt.

Er blieb stehen und funkelte seinen Onkel an. »Und wenn schon! Du weißt genau, dass ich das Haus nicht mehr betreten habe, seit ...«

»Und warum regst du dich dann so auf?«

»Ich rege mich auf, weil diese Frau mich verrückt macht. Jeden zweiten Tag kommt sie mit einer neuen Reparatur. Dabei hat sie das Haus gesehen, bevor sie es gemietet hat.«

»Sie hat gesehen, dass das Haus ein paar Schönheitsfehler

hat«, stimmte Richard ruhig zu. »Aber du musst zugeben, dass auch wir nicht damit gerechnet haben, dass es an einigen Stellen dermaßen marode ist. Die vier Jahre, in denen du nichts mehr daran gemacht hast, sind ihm nicht gut bekommen.«

Leon nickte und wollte gleichzeitig den Kopf schütteln. »Mag sein, aber sie geht mir trotzdem auf die Nerven. Du solltest sie mal hören! Sie spielt sich auf, als ob sie …«

»Na, übertreibst du da nicht ein bisschen?« Richard lächelte. »Ich fand sie sehr nett. Und übrigens, hübsch ist sie auch. Und sie hat so einen schönen Namen! Theresia Mayer.«

»Das interessiert mich nicht«, unterbrach Leon ihn grollend. »Sie ist einfach unerträglich. Und sie schafft es auch noch ständig, mich anzurufen, wenn ich gerade mitten bei der Arbeit bin und den schlechtesten Empfang habe. Obwohl … vielleicht ist das sogar gut, denn dann bekomme ich nur die Hälfte ihrer Tiraden mit. Mayer heißt sie also? Theresia?«

»Sag bloß, du kennst noch nicht mal ihren Namen, Junge. Also wirklich!« Richard schüttelte entrüstet den Kopf. »Warum gibst du ihr eigentlich nicht deine Festnetznummer?«

Leon tippte sich an den Kopf. »Damit sie mich auch noch nach Feierabend nerven kann? Auf keinen Fall. In meiner Freizeit habe ich Besseres zu tun, als mich mit dieser Ziege abzugeben.«

»Nun mach aber mal einen Punkt.« Ruhig deutete Richard auf den Sessel und wartete, bis sein Neffe sich wieder gesetzt hatte. »So kenne ich dich ja gar nicht. Warum hast du sie eigentlich noch nicht persönlich getroffen?«

»Wozu? Sie ist auch nur eine nervtötende, eigensinnige, egoistische …«

»Leon!« Richard machte eine heftige Handbewegung, mit der er seinen Neffen zum Schweigen brachte. »Was ist nur in dich gefahren? Frau Mayer ist eine sehr nette Person, und ihre …«

»Ich will nichts mehr davon hören!«, polterte Leon ungehalten.

»Du hast doch damit angefangen.« Richard schüttelte ungehalten den Kopf. »Aber wenn du noch weiter in dieser Tonart hier herumschnauzt, muss ich wohl mal für einen Moment lang vergessen, dass du ein erwachsener Mann bist.«

»Entschuldige«, sagte Leon etwas ruhiger. »Sie bringt mich nur ständig auf die Palme. Und ich habe genug andere Probleme, als dass ich mich auch noch dauernd mit dieser Furie …«

»*Leon!*«

»Schon gut. Ich glaube, es ist besser, wenn ich wieder gehe.«

»Und ich glaube, es wäre besser, wenn du uns endlich erzählst, was dich wirklich bedrückt.«

Überrascht blickte Leon hoch und genau in das Gesicht seiner Tante Agnes, die mit einem Tablett voller Tassen, Teller, einer Kaffeekanne und einer Dose mit Weihnachtsplätzchen in der Wohnzimmertür stand. Sie stellte das Tablett auf dem Couchtisch ab, bot ihrem Neffen eine Tasse Kaffee an und goss sich, als er mit einem Kopfschütteln ablehnte, selbst von dem dampfenden Getränk ein. »So aufgebracht habe ich dich schon lange nicht mehr gesehen. Und schon gar nicht so ungerecht einer Frau gegenüber, die du nicht einmal persönlich kennst.« Sie biss in ein Butterplätzchen. »Und weil ich das nicht länger dulden werde, verlange ich hier und jetzt eine Erklärung. Also, raus mit der Sprache. Was ist der wirkliche Grund für deine schlechte Laune?«

Leon fuhr sich mit beiden Händen übers Gesicht und ließ sie dann dort, die Ellbogen auf seine Knie gestützt.

Agnes sah Richard vielsagend von der Seite an und beugte sich dann ein Stück zu Leon vor. »Ich warte«, sagte sie bewusst streng. Sie hatte Leon seit seinem sechsten Lebensjahr aufgezogen und wusste genau, wie sie mit ihm umgehen musste.

»Ich …«

»Ja?« Sie beugte sich noch ein wenig weiter vor.

»Verdammt!« Er schüttelte den Kopf, ließ ihn jedoch weiterhin auf seine Hände gestützt. »Ich habe ihr vertraut. Ich habe gedacht …« Er stieß ein gequältes Seufzen aus. »Ich bin ein Idiot.«

»Das möchte ich dir gerne bestätigen.« Agnes lächelte leicht, als er empört den Kopf hob. »Aber dazu solltest du uns zunächst sagen, von wem du überhaupt sprichst.«

»Sie … Hannah. Hannah Mayer.« Er nahm ein Plätzchen, zerbröselte es jedoch nur auf seinem Kuchenteller. »Sie … ich habe sie im Park kennengelernt. Sie ist die Mutter eines Mädchens aus Marios Kindergartengruppe. Wir waren … wir haben …«

»Ihr habt euch ineinander verliebt.«

Leon zuckte zusammen, nickte dann und schüttelte fast gleichzeitig den Kopf. »Ich dachte es, aber … Es war wohl ein Irrtum, nichts weiter.«

»Warum glaubst du, dass es ein Irrtum war?«, hakte Richard nach und goss sich nun auch einen Kaffee ein.

Leon rieb sich erneut mit den Händen übers Gesicht. Warum sollte er ihnen nicht davon erzählen? Agnes und Richard waren seine Familie; sie hatten ihn immer unterstützt und zu ihm gehalten. Doch er schämte sich ein bisschen, dass er offenbar den gleichen Fehler zweimal gemacht hatte. Um sich zu beruhigen, atmete er tief ein. »Ich hätte gleich stutzig werden müssen. Sie ist jedes Mal mit einer Ausrede gekommen, wenn ich ihr angeboten habe, sie nach Hause zu bringen oder sie zu besuchen. Sie hat nicht über ihre Vergangenheit geredet oder über den Vater ihrer Tochter.«

»Und jetzt hat sie dir gestanden, dass sie in Wahrheit verheiratet ist und du nur eine Affäre warst.« Richard legte neugierig den Kopf auf die Seite.

»Was? Nein.« Leon sah ihn verwirrt an. »Nein, das nicht. Als Mario heute aus dem Kindergarten kam, erzählte er, dass Paula erzählt hat …«

»Moment, wer ist Paula?«, unterbrach Agnes ihn.

»Hannahs Tochter. Sie hat Mario erzählt, dass ihr Vater am Samstag aus der Schweiz zurückkommt und bei ihnen wohnen wird.«

»Oha.« Agnes kräuselte die Lippen. »Und diese Hannah hat ihn nie erwähnt – Paulas Vater, meine ich?«

»Nein, nie. Aber jetzt verstehe ich, warum ich nie bei ihr vorbeischauen sollte. Wahrscheinlich war ich nur ein netter Zeitvertreib, während sie auf seine Rückkehr gewartet hat.«

»Also ich weiß nicht.« Nachdenklich rieb sich Richard den Bart. »Ich kenne deine Hannah zwar nicht …«

»Sie ist nicht meine Hannah.«

Richard sah seinen Neffen ungehalten an. »Ich kenne sie zwar nicht«, wiederholte er betont, »aber hältst du es nicht für etwas voreilig, nur aufgrund einer Geschichte über sie zu urteilen, die Mario dir erzählt hat? Er ist erst fünf, Leon.«

»Und?«

»Er könnte etwas falsch verstanden haben.«

»Und warum hat sie mir dann nicht erzählt, dass ihr … was auch immer nach Hause kommt?«

Agnes stand auf, ging um den Couchtisch herum und setzte sich neben Leon. »Dafür kann es hundert Gründe geben. Leon, du bist ein erwachsener Mann. Ich hätte wirklich geglaubt, dass du vernünftiger bist. Du hast also noch gar nicht mir ihr darüber gesprochen? Sie nicht gefragt, was es mit diesem Besuch auf sich hat?«

»Sie geht nicht ans Telefon.«

Agnes verdrehte die Augen. »Dann fahr zu ihr.«

»Das kann ich nicht«, gab Leon verdrießlich zu. »Ich habe nur ihre Telefonnummer, und da sie noch nicht lange in der Stadt lebt, ist sie auch nicht bei der Auskunft registriert. Außerdem habe ich nicht vor, ihr nachzulaufen«, setzte er wütend hinzu. »Das habe ich einmal hinter mir, und ich bin nicht scharf auf eine Wiederholung.«

»In Ordnung.« Agnes nickte. »Du musst selbst wissen, was du tust. Aber wenn dir etwas an ihr liegt, dann lass dich nicht von vergangenen Tiefschlägen davon abhalten, diese Sache zu klären. Es kann auch alles ganz harmlos und ein Missverständnis sein!«

»So wie es damals bei Yvonne ein Missverständnis war?« Leon sah sie mit bitterer Miene an und stand dann auf. »Nein, diesmal werde ich nicht hilflos im Regen stehen und die Scherben zusammenkehren. Ich werde ihr zuvorkommen und der Sache ein Ende setzen. Entschuldigt mich, ich muss jetzt zu Martin. Seine Vermieterin will ihn verklagen und aus seiner Wohnung ekeln. Ich habe ihm versprochen, ihm zu helfen, die Unterlagen für seinen Anwalt zusammenzustellen.« Er nickte Richard und Agnes finster zu und verließ das Haus.

»Eine merkwürdige Sache«, meinte Agnes, während sie die Tassen und Teller zusammenräumte.

Richard nickte nachdenklich. »Wäre das mit Yvonne damals anders verlaufen, würde er jetzt nicht so überreagieren.

Ich hoffe bloß, er stellt sich endlich seinen Problemen und die Sache löst sich in Wohlgefallen auf. Der Junge braucht eine Frau, die für ihn da ist.«

»Du bist ein alter Romantiker«, meinte Agnes lächelnd. »Was war eigentlich mit seiner Mieterin? Gibt es da auch Schwierigkeiten?«

»Sie macht ihm die Hölle heiß, weil im Haus ständig etwas kaputt geht. Jetzt müssen es wohl die Stromleitungen sein – weiß der Teufel. Vielleicht wäre es besser, wenn sie sich eine andere Bleibe sucht. Ich war ja von Anfang an dagegen, dass er das Haus vermietet.«

»Aber wenn sie nicht von sich aus auszieht, kann er sie doch nicht einfach vor die Tür setzen«, widersprach Agnes. »Hat sie nicht eine kleine Tochter?«

»Ja, hat sie.« Richard runzelte nachdenklich die Stirn. »Das soll er ja auch nicht. Ich dachte eher an eine einvernehmliche Lösung ...« Er strich sich über den Bart. »Hat er den Mietvertrag nicht hier irgendwo deponiert?«

»Im Schrank.« Agnes stand auf, öffnete eine der Türen am Wohnzimmerschrank und zog einen Aktenordner hervor.

Richard nahm ihn ihr ab. »Hat er da überhaupt schon mal hineingeschaut? Ich meine, abgesehen davon, dass er den Vertrag unterschrieben hat?«

Agnes zuckte mit den Achseln. »Er hat ihn mir blanko unterschrieben. Ich habe ihn dann Frau Mayer gegeben.«

»Hm«, brummte Richard und klappte den Ordner auf. »Wollen doch mal sehen, was da genau drinsteht. Vielleicht lässt sich ja eine für alle Beteiligten akzeptable Lösung finden. Außerdem fällt mir da gerade auf ...« Er zog den Mietvertrag aus einer Klarsichthülle und überflog die erste Seite. »Agnes?«

»Hm?« Sie hatte sich bereits abgewandt, um das Tablett hinauszutragen, und drehte sich noch einmal um.

Richard tippte auf die Zeile, in der der vollständige Name der Mieterin vermerkt war. »Hältst du das für einen Zufall?«

17. Kapitel

Das gibt es doch gar nicht. Wo steckt er denn bloß?« Hannah wählte zum wiederholten Male Leons Nummer, doch weder er noch sein Anrufbeantworter meldete sich. »Ihm wird doch nichts zugestoßen sein?« Sie runzelte die Stirn. »Nein, vielleicht ist er mit Mario unterwegs ... Aber warum hat er mich nicht angerufen?« Sie blickte auf ihre Uhr. In wenigen Stunden würden Torsten und Birgit eintreffen. Paula räumte bereits eifrig ihr Zimmer auf, eine Sache, zu der Hannah sie immer nur dann ohne Probleme überreden konnte, wenn derart hoher Besuch anstand.

Billa saß zu ihren Füßen und winselte leise. Sie stupste Hannah an, ging zur Kellertür und kratzte daran.

»Nein, Billa, jetzt nicht«, sagte Hannah zerstreut und wählte ein letztes Mal Leons Nummer. »Nichts.« Sie seufzte. Dann musste sie wohl oder übel zu ihm fahren.

Erneut schaute sie auf die Uhr und überschlug die Zeit, die ihr noch blieb, rief Paula zu sich, packte sie in einen dicken Anorak und verfrachtete sie ins Auto. Billa ließ sie diesmal zu Hause.

»Wo fahren wir denn hin?«, wollte Paula neugierig wissen.

»Zu Leon.« Hannah steuerte den Wagen Richtung Landstraße. Ausgerechnet jetzt fing es auch noch an zu schneien!

»Au ja, dann kann ich mit Mario einen Schneemann bauen!«, quietschte Paula begeistert.

»So viel Schnee liegt doch noch gar nicht.«

»Aber nachher bestimmt.«

»Wenn du meinst.« Hannah wollte ihrer Tochter nicht den Spaß verderben, doch sie hatte irgendwie ein ungutes Gefühl.

Leons Jeep stand nicht in der Einfahrt. Hannah sah sich um. Vielleicht war er zu seinem Bruder auf diesen Bauernhof in der Nähe gefahren. Leider hatte er ihr die Adresse nicht genannt.

»Wo ist Mario denn?«, wollte Paula wissen.

»Keine Ahnung.« Unentschlossen blickte Hannah zum Waldrand und lenkte dann den Wagen zu dem Parkplatz, von dem aus sie damals Billa gesucht hatte.

Sie hatte Glück, Leons Wagen stand dort, von ihm war jedoch nichts zu sehen. In einiger Entfernung aber heulte eine Motorsäge auf. Sie drehte sich zu ihrer Tochter um. »Paula, kannst du ein paar Minuten hier warten? Ich will schauen, ob Leon dort hinten ist. Es dauert auch nicht lange.«

»Können wir dann zu Mario fahren?«

»Mal sehen. Ich weiß ja gar nicht, wo er ist.«

Paula zog eine Schnute, griff aber nach einem der Bilderbücher, die auf dem Rücksitz verteilt lagen.

Hannah stieg aus und lief eilig den Waldweg entlang, immer in Richtung der Geräusche, die die Waldarbeiter machten. Der frisch gefallene Schnee knirschte unter ihren Schuhen. Nach knapp zweihundert Metern kam sie an eine Absperrung aus rotweißem Plastikband, vor der ein Schild davor warnte, während der Waldarbeiten diesen Weg weiterzugehen. Oben auf der Kante des Schildes hatte sich bereits ein Schneehäubchen gebildet.

In einiger Entfernung sah sie drei Männer in grün-orangefarbener Schutzbekleidung und mit Gehörschutz auf den Ohren.

»Leon!«, rief sie, als sie ihn erkannte, doch er hörte sie nicht. Sie versuchte mit Winken auf sich aufmerksam zu machen, bis einer der anderen Männer zu ihr hinübersah. Er stieß Leon an und deutete in ihre Richtung, woraufhin sie noch einmal winkte und ihm zulächelte.

Leon nahm betont langsam den Gehörschutz ab und ging mit finsterer Miene auf sie zu.

Hannah stutzte, als sie seinen Gesichtsausdruck sah, und das ungute Gefühl in ihrer Magengrube verstärkte sich. Dennoch lächelte sie erneut und strich sich etwas Schnee aus den Haaren. »Hallo, Leon. Ich wusste nicht, dass du heute arbeiten musst. Ich habe versucht, dich zu erreichen, aber du bist ja nicht ans Telefon gegangen und dein Anrufbeantworter ...«

»Ich habe ihn ausgeschaltet. Wollte meine Ruhe haben.« Leons Miene wurde noch eine Spur finsterer. »Und ich fände es besser, wenn du in Zukunft nicht mehr anrufst.«

»Aber ...« Hannah sah ihn erschrocken und verständnislos an. »Was ist denn jetzt los?«

»Ich habe keine Lust mehr, das ist los«, knurrte er und wich ihrem Blick aus. »Es war nett, solange es gedauert hat, und jetzt ist es vorbei.« Er nickte ihr zu und wandte sich ab.

»Leon! Was, um Himmels willen, ist in dich gefahren? Ich dachte ...«

Er fuhr zu ihr herum. »Das dachte ich auch. Aber ich habe mich geirrt, und damit ich mich nicht noch lächerlicher mache, beende ich die Sache. Das ist doch nicht schwer zu verstehen, oder?«

Hannah machte einen Schritt rückwärts. »Ja, ich verstehe. Also war ich nur ein kleiner Pausenfüller für dich, oder was?«

Leon zuckte zusammen, behielt seinen finsteren Blick jedoch bei. »Nicht mehr als ich für dich, oder? Also belassen wir es dabei. Und jetzt entschuldige mich, ich habe zu tun.«

Hannah starrte ihm hinterher. In ihr mischte sich der Schrecken mit Traurigkeit und Wut. Ihr wurde gleichzeitig heiß und kalt, als sie ihn mit hochgezogenen Schultern davonstapfen sah.

»Mistkerl!«, brüllte sie ihm hinterher, drehte sich um und eilte den Weg zurück, den sie gekommen war. Sie spürte einen harten Kloß in der Kehle, an dem sie vergeblich schluckte. Auf keinen Fall wollte sie weinen, schon gar nicht vor Paula! Also blieb sie stehen, atmete mehrmals heftig ein und aus, bis sie sich etwas gefangen hatte, und ging dann langsam weiter bis zum Auto.

Leon drehte sich erst zu ihr um, als er Martin und Igor wieder erreicht hatte, deshalb sah er sie nur noch kurz, als sie um eine Wegbiegung verschwand. Sein Herz klopfte schmerzhaft gegen seine Rippen.

»Hey, war das deine Hannah?« Martin stieß ihn an. »Gar nicht übel, das Mädel. Das muss ich schon sagen!«

»Halt die Klappe, und lass uns hier weitermachen.« Leon setzte sich entschlossen den Gehörschutz wieder auf.

»Was ist denn mit dir los?«, wunderte sich Martin, fragte jedoch nicht weiter, als er den Blick seines Freundes auffing. Also beschloss er zu warten, bis sie mit der Arbeit fertig waren, bevor er in Erfahrung brachte, was Leon dermaßen die Petersilie verhagelt hatte.

»Er hat dich einfach so abserviert? Ohne Begründung?« Birgit saß neben Hannah auf der Couch. Torsten hatte sich in den Sessel gesetzt und spielte, während er zuhörte, mit einem der selbstgebackenen Plätzchen, die Hannah auf einem sternförmigen Teller angerichtet hatte. Paula lag neben Billa auf dem Teppich und schlief. Sie war ganz erschöpft gewesen nach der Aufregung über den Besuch und dem langen Spaziergang, den sie alle gemeinsam durch die verschneite Landschaft gemacht hatten.

»Er hat gesagt, ich sei für ihn genauso ein Pausenfüller gewesen wie er für mich.« Hannah hatte den Kopf gesenkt und blickte unglücklich zu Boden. »Ich habe keine Ahnung, wie er darauf kommt.«

»Als ob du jemals einen Pausenfüller gehabt hättest.« Torsten schüttelte den Kopf. »Ein komischer Kauz – das muss ich schon sagen.«

»Er ist kein komischer Kauz!«, protestierte Hannah. »Er ist ... Ach, ich weiß nicht mehr, was er ist.«

»Er ist ein Idiot, wenn er von jemandem wie dir so etwas annimmt. Und ein Schweinehund, weil er dich so behandelt hat«, befand Birgit. »Hast du ihn nicht sofort zur Rede gestellt? Ich hätte mir das nicht gefallen lassen.«

»Ich war viel zu perplex«, gab Hannah niedergeschlagen zu. »Wie hätte ich auch auf die Idee kommen sollen, dass er nur ... Ich hatte wirklich nicht den Eindruck, dass er ... dass er diese Sorte Mann ist.« Sie rieb sich über die Augen. »Ich glaube es, ehrlich gesagt, immer noch nicht. Es muss etwas vorgefallen sein ...«

»Nun nimm ihn nicht auch noch in Schutz«, unterbrach Torsten sie. »Das hast du wirklich nicht nötig.«

»Ich weiß.« Hannah ließ den Kopf wieder hängen. »Es tut mir leid, dass ich euch damit belaste.«

»Ach was! Wozu sind Freunde denn sonst da?« Birgit streichelte ihr über den Arm. »Na komm, lass uns den Tisch decken und das Abendessen vorbereiten. Ich habe übrigens eine Tupperdose randvoll mit meinem Spezialschokopudding mitgebracht – als Nachtisch.«

Hannah nickte und folgte Birgit in die Küche. Auch Billa stand von ihrem Platz neben Paula auf und tapste hinter ihnen her.

»Eine nette Hündin habt ihr da.« Birgit streichelte Billa über den Kopf. »Werdet ihr sie behalten, wenn sich der Besitzer nicht meldet?«

»Ich denke schon. Man gewöhnt sich ja schnell an so ein Tier.« Auch Hannah tätschelte Billa, dann ging sie zum Herd. »Allerdings ist sie in den letzten Tagen ziemlich unruhig. Dauernd will sie in den Keller, nachdem sie neulich da unten in einem der Schränke eine tote Maus gefunden hat.«

»Igitt.« Birgit lachte.

»Und man muss höllisch auf sie aufpassen«, fuhr Hannah mit einem zaghaften Lächeln fort. »Sie kann Türen öffnen und ist schon mehrmals ausgebüchst.«

»Eine Streunerin also?«

»Ich weiß nicht genau. Einmal ist sie aus meinem Auto entkommen und zu Leons Haus gelaufen. Und ein paar Tage später, als Paula und ich bei ihm übernachtet haben ...«

»Oh ...?«

»... ist sie nachts durch die Terrassentür raus. Morgens fand ich sie hier vor der Tür.«

»Wie merkwürdig.«

»Paula hält sie für einen Engel, der uns beschützt.«

»Wie das?« Verblüfft hob Birgit die Brauen.

»Sie hat schon damit angefangen, als wir noch gar nicht eingezogen waren. Nachdem wir das Haus besichtigt hatten, bestand sie darauf, dass wir hier wohnen müssen, weil wir hier von einem Engel beschützt werden. Inzwischen glaube ich aber, sie steigert sich da nur hinein, weil es sie sonst zu sehr belastet, dass Billa immer mal wieder wegläuft.«

»Aber wie kommt sie ausgerechnet auf einen Engel?«

»Keine Ahnung. Vielleicht, weil bald Weihnachten ist.« Hannah zuckte mit den Schultern und stellte einen großen Topf auf den Herd. »Was hältst du von Spaghettipizza zum Abendessen?«

»Paulas Leibspeise?« Birgit grinste. »Aber klar!«

18. Kapitel

Leon rieb sich den verspannten Nacken. Er fühlte sich seit Tagen wie gerädert und schob es auf die viele Arbeit und den Schreibkram, den er vor Weihnachten noch vom Tisch haben wollte.

Eine Woche war vergangen, seit er zuletzt mit Hannah gesprochen hatte. Am letzten Tag vor den Weihnachtsferien war er ihr vor dem Kindergarten begegnet, hatte sich jedoch von ihr ferngehalten, und auch sie hatte keinerlei Anstalten gemacht, ihn anzusprechen.

Das gab natürlich erneut gehörig Stoff für die Spekulationen der anderen Eltern, doch das, so redete er sich ein, ließ ihn kalt. Er hatte sich nicht aufgehalten und war mit Mario ohne Umwege nach Hause gefahren.

Sein Sohn hatte natürlich jeden Tag erzählt, was ihm Paula von ihrem Vater berichtet hatte, doch Leon hatte dann jedes Mal seine Ohren auf Durchzug gestellt. Er wollte nichts davon wissen und auch nicht, wer diese Birgit war, deren Name hin und wieder fiel. Sie war vermutlich eine Freundin von Hannah, ebenso wie diese Silke, von der sie häufiger erzählt hatte. Vielleicht war sie auch mit Hannah verwandt, denn offenbar nannte Paula sie »Tante«. Da er sich jedoch nicht selbst quälen wollte und sich mit seiner Wut vollkommen im Recht wähnte, ließ er keine weitergehenden Überlegungen zu diesem Thema zu.

Außerdem war er heute, am Samstag vor dem dritten Advent, sehr damit beschäftigt, den Wald zu kontrollieren und sicherzustellen, dass die Leute, die in Scharen die Wege unsicher machten, wirklich nur Tannenbäume aus den ausgewiesenen Bereichen schlugen. Das Geschäft mit Weihnachtsbäumen lief so gut wie jedes Jahr, doch hatte er heute bereits mehrfach Verwarnungen aussprechen müssen, weil es immer wieder Leute gab, die glaubten, nur eine unerlaubt geschlagene Tanne sei ein guter Weihnachtsbaum.

Leon schlug den Weg zur Nordseite des Waldes ein, wo sich ein weiterer Weihnachtsbaumplatz befand. Er schlug einen Bogen und stieg auf eine kleine Anhöhe, von der aus er fast den gesamten Bereich überblicken konnte.

»Ich glaube, hier werden wir fündig, was meinst du, Paula?«, fragte Torsten seine Tochter und wies auf die mit Plastikband eingezäunten Tannenbäume. »Die müssten genau die richtige Größe haben.«

Paula rannte los, kletterte unter der Absperrung durch und begutachtete einen der Bäume. Hannah leinte Billa ab und ließ sie an den Spuren der anderen Hunde schnüffeln, die ihnen bereits in Scharen begegnet waren. An diesem Wochenende schien sich die halbe Stadt entschlossen zu haben, auf die Suche nach einem Christbaum zu gehen.

Hannah ertappte sich mehrfach dabei, dass sie nach Leon Ausschau hielt. Wenn sie ehrlich war, hatte sie den Vorschlag, hier einen Baum zu suchen, nur gemacht, weil sie in der Zeitung gelesen hatte, dass der Gebietsförster Leon Marbach die Bürger dazu einlud, sich in drei verschiedenen Waldstücken selbst ihren Weihnachtsbaum zu schlagen. Sie wusste, dass es dumm von ihr war. Sicher wäre es besser gewesen, einfach einen Baum in der Gärtnerei zu kaufen. Außerdem war bisher von Leon weit und breit nichts zu sehen.

»Von der Größe her passen sie wohl«, meinte sie. »Aber diese hier sind ganz krumm!«

»Vielleicht finden wir da drüben einen schönen geraden Baum«, meinte Torsten und hielt ihr zuvorkommend das Absperrband hoch, damit sie ebenfalls hindurchschlüpfen konnte. »Schau mal, dieser Baum hier wäre auch nicht schlecht.«

»Nee, Papa, der ist ja viel zu klein!«, protestierte Paula. »Ich will den da!«

»Schätzchen!« Torsten lachte. »Der ist viel zu groß. Den kriegen wir nie in euer Wohnzimmer.«

»Och Mensch! Und der da?« Paula nahm seine Hand, und er ließ sich, noch immer lachend, zu einem weiteren Baum ziehen.

Torsten hob seine Tochter über ein kleines schneebedecktes Gebüsch, damit sie sich die Tanne aus der Nähe ansehen konnte. Dann reichte er Hannah seine Hand und stützte sie, als sie ebenfalls darüber stieg.

»Gar nicht so schlecht«, meinte er. »Nur diesen Ast hier müsste man einkürzen. Was meinst du, Hannah?«

Auf der Anhöhe angekommen, blieb Leon wie angewurzelt stehen. Weniger als hundert Meter von ihm entfernt erkannte er Hannah und einen Mann. Paula zwischen sich, begutachteten sie lachend einen Tannenbaum und gingen dann langsam weiter. Der Mann – Paulas Vater, daran gab es keinen Zweifel – hob das Mädchen hoch, schwenkte es durch die Luft und setzte es jenseits eines dicken Baumstumpfes wieder ab. Leon vernahm das begeisterte Quietschen der Kleinen und spürte gleichzeitig einen schmerzhaften Stich in der Herzgegend. Er knirschte mit den Zähnen, während er beobachtete, wie Hannah sich auf die Hand des Mannes stützte, um ebenfalls über den Baumstumpf zu klettern.

Ein Windstoß fuhr von hinten gegen Leon und zerrte an seiner Kapuze. Er wollte sich gerade abwenden, als ein Hund laut aufheulte. Im nächsten Moment kam Billa wie ein Pfeil auf ihn zugeschossen und sprang an ihm hoch. Erschrocken wich er hinter eine Baumreihe zurück. Gerade rechtzeitig, bevor Hannah zu ihm hinblickte.

»Nicht doch«, versuchte er Billa zu beruhigen, die ihn umtänzelte und aufzufordern schien, mit ihr mitzukommen. »Geh wieder zurück zu deinem Frauchen!« Weil die Hündin keine Ruhe gab, beugte er sich kurz zu ihr hinab und erntete dafür einen zärtlichen Stupser gegen das Kinn.

»Billa? Billa, komm her!«, hörte er Hannah rufen. Ihre Stimme kam näher, deshalb zog er sich weiter hinter einen Busch zurück. »Nun geh schon zurück zu ihr, Billa!«, raunte er.

Als Hannah erneut rief, blickte die Hündin ihn anklagend an, trollte sich jedoch endlich. Leon wandte sich ab und beeilte sich wegzukommen. Einer Begegnung mit dieser glücklichen Familie fühlte er sich so kurz vor Weihnachten nicht gewachsen.

»Wo warst du denn?«, fragte Hannah die Hündin, als Billa wieder vor ihr stand.

»Vielleicht hat sie ein Kaninchen gesehen«, vermutete Torsten.

»Ja, wahrscheinlich.« Hannah blickte nachdenklich in die Richtung, aus der Billa zurückgekehrt war. Das Heulen, das die Hündin vorhin ausgestoßen hatte, bevor sie wie ein geölter Blitz davongeschossen war, hatte sie bisher erst einmal gehört, und zwar bei ihrem ersten Zusammentreffen mit Leon im Park.

»Hey, kommt mal hier herüber!« Birgit kam lachend und ganz außer Atem angerannt und wies dann hinter sich. »Ich habe gerade den perfekten Baum gefunden. Er steht ganz da hinten.« Sie nahm Torstens Hand. »Los beeilt euch, bevor ihn uns noch jemand wegschnappt. Hannah, ich hoffe, deine Säge ist geschärft?«

19. Kapitel

Mama, wie viele Tage noch bis Weihnachten?«, fragte Paula, während sie am Wohnzimmertisch saß und an einem Bild malte. Hannah blätterte in einem Möbelkatalog, konnte sich jedoch nicht recht darauf konzentrieren. Zwischen ihnen brannten drei Kerzen auf dem Adventskranz und eine Schale mit einem weihnachtlichen Gewürzpotpourri verströmte einen intensiven Duft nach Zimt und Lebkuchen.

»Schau doch auf den Adventskalender«, sagte Hannah zu ihrer Tochter. »Wie viele Päckchen hast du noch nicht aufgemacht?«

Paula ließ ihren Buntstift fallen und rannte in die Küche. Wenige Augenblicke kam sie strahlend zurück. »Noch fünf.«

Hannah lächelte anerkennend. »Also sind es noch fünf Tage bis zum Heiligen Abend.«

»Kriege ich dann auch das Geschenk, das Papa und Birgit mitgebracht haben?«

»Aber sicher.«

»Kriegt Mario auch Geschenke von seinem Papa?«

Hannah zuckte zusammen. »Ganz bestimmt«, antwortete sie.

»Kann ich ihm meine Geschenke zeigen?«

»Warum nicht? Aber du musst damit warten, bis der Kindergarten wieder anfängt.«

»Können wir ihn nicht besuchen fahren? Ich habe ein Bild für seinen Papa gemalt.«

»Oh.« Als Paula ihr das Blatt Papier vor die Nase hielt, suchte Hannah etwas hilflos nach Worten. Das Bild zeigte ein Gebilde, das wohl das Baumhaus darstellen sollte und davor vier deutlich erkennbare Personen, die einander an den Händen hielten. Über allem schwebte eine überdimensionale Sonne mit einem lachenden Gesicht, und oben rechts in der Ecke hatte Paula etwas gemalt, das aussah wie ein Käfer mit Halsband und Flügeln.

»Das ist Billa«, erklärte Paula. »Da ist sie wieder oben im Himmel bei den anderen Engeln und bewacht uns von da.«

Hannah schluckte. »Paula, hör mal. Leon ... Marios Papa und ich, wir treffen uns nicht mehr.«

»Warum nicht?«

»Weil wir uns gestritten haben.«

Paula setzte eine strenge Miene auf. »Wenn man sich streitet, muss man sich auch wieder versöhnen«, sagte sie und wiederholte damit genau das, was Hannah ihr immer predigte. »Streiten ist doof, und zu Weihnachten müssen sich alle liebhaben«, setzte Paula noch hinzu. »Ich male dir auch so ein Bild, wenn du willst. Und das für Leons Papa bringen wir ihm an Weihnachten, ja?«

Hannah biss sich auf die Lippen. »Paula, das ist nicht so einfach …« Sie stand auf, um das Licht einzuschalten und um einen Moment Zeit zu gewinnen, ihre Gedanken zu ordnen.

Als sie den Lichtschalter betätigte, zischte es, die Lampe blieb jedoch dunkel.

»O je, nicht schon wieder!« Testweise betätigte Hannah auch noch den Lichtschalter im Flur, doch nichts geschah. Als sie zur Kellertür ging, saß Billa bereits davor und winselte.

»Na gut, dann komm mit nach unten«, meinte Hannah und öffnete die Tür. »Paula, ich gehe nur schnell in den Keller und drücke die Sicherung wieder rein, ja?«

Nachdem sie das erledigt hatte, wollte Hannah gleich wieder nach oben gehen, doch Billa stellte sich ihr in den Weg, zupfte an ihrem Pulloverärmel und versuchte sie zu dem alten Schrank zu ziehen.

»Nein, Billa, hör auf!« Hannah blickte ungehalten auf die Hündin hinab. »Ich will jetzt keine Mäuse suchen. Komm wieder mit nach oben!«

Billa folgte ihr nur zögernd, doch Hannah hatte nun wirklich keinen Nerv für sie. Sie ließ die Hündin hinaus in den Garten, dann nahm sie ihr Handy und wählte wieder einmal die Nummer ihres Vermieters.

Leon stapfte zusammen mit Mario über den verschneiten Weg, der vom Wald aus Richtung Parkplatz führte. Beide trugen Tüten, die mit Moos und Tannenzapfen gefüllt waren.

»Ich will das Moos in die Krippe legen«, verkündete Mario gerade. »Und das Dach will ich auch damit machen.«

»Wenn du meinst.«

»Papa? Kann ich Paula die Krippe auch mal zeigen?«

Leon schüttelte den Kopf. »Ich glaube nicht, dass das geht.«

»Warum nicht?« Mario war sichtlich enttäuscht.

»Weil sie nicht mehr zu Besuch kommt.«

»Warum nicht?«, wiederholte Mario.

Leon seufzte. »Weil ... ihre Mama und ich haben uns ... gestritten.«

»An Weihnachten streitet man nicht«, erklärte Mario. »Ihr könnt euch doch wieder vertragen.«

»Das ist nicht so einfach, Mario. Wir ...«

»Guck mal, Papa, da ist Billa!«

Leons Kopf ruckte in die Höhe. »Wo?«

»Da hinten war sie. Ich habe sie genau gesehen.« Mario rannte los. »Komm mit! Bestimmt ist Paula auch da.«

Leon folgte seinem Sohn bis zu einer Weggabelung. »Mario, hier ist kein Hund.«

»Sie war aber da!«, beharrte Mario. »Ich habe sie genau gesehen!«

»Hier sind nicht einmal Spuren«, widersprach Leon. »Schau mal! Man müsste ihre Pfotenabdrücke doch im Schnee sehen.« Er deutete zu Boden.

Mario sah ihn aufgebracht an. »Ich habe Billa gesehen, Papa. Ehrlich!«

Während Leon seinem Sohn auf dem Weg zum Parkplatz klarzumachen versuchte, dass Billa bestimmt nicht hier gewesen war, klingelte auf dem Beifahrersitz des Jeeps unbemerkt sein Handy.

Als sich nach dem dritten Versuch noch immer niemand meldete, beschloss Hannah, am nächsten Vormittag selbst zu versuchen, einen Elektriker aufzutreiben. Ihr Geduldsfaden war endgültig gerissen. Wenn ihr Vermieter nicht gedachte, sich darum zu kümmern, musste sie das eben selbst in die Hand nehmen und ihm einfach wieder die Rechnung schicken.

Während sie erneut nach dem Katalog griff, überlegte sie, ob es Sinn haben würde, den Mieterbund einzuschalten, oder ob sie nach Neujahr noch einmal nach einer anderen Wohnung Ausschau halten sollte.

20. *Kapitel*

Es ist kalt hier drinnen, Mama«, beschwerte Paula sich, während sie half, die Überreste des Mittagessens – Kartoffelsalat und Fleischwurst – abzuräumen.

Hannah nickte. »Kommt mir auch so vor, Schatz. Warte, ich drehe mal die Heizung höher.« Sie ging zu einem der Heizkörper und stutzte, als sie ihn anfasste. Er war kalt, obwohl der Thermostat auf Stufe zwei stand. »Was ist das denn?« Rasch überprüfte sie auch die anderen Heizkörper, immer mit dem gleichen Ergebnis. »Ist die Heizung jetzt auch noch kaputt? Dann schlägt es aber dreizehn!«

Hannah wollte zur Kellertür gehen und drückte wie gewohnt den Lichtschalter im Flur, doch nichts tat sich. »Die Sicherung schon wieder!«, knurrte sie vor sich hin. Im Keller drückte sie wieder einmal die Hauptsicherung, doch diesmal geschah gar nichts, auch die Gastherme sprang nicht an.

Stirnrunzelnd betrachtete sie den Sicherungskasten. »Was denn – jetzt geht gar nichts mehr? Und natürlich ausgerechnet am Heiligen Abend. Hätte ich doch bloß rechtzeitig einen Elektriker geholt!« Verärgert ging sie zurück nach oben. Sie hatte in den letzten Tagen bereits bei drei Firmen angerufen, doch zwei waren offenbar im Weihnachtsurlaub, und die dritte, die einen Notdienst eingerichtet hatte, war anscheinend vollkommen überlastet. Der Meister hatte versprochen anzurufen, sobald er für sie Zeit hatte, doch bislang war das noch nicht geschehen.

»So ein Mist!«, schimpfte sie vor sich hin.

Paula sah sie neugierig an. »Was ist denn, Mama? Ist die Heizung kaputt? Mir ist kalt!«

»Unsere Stromleitungen sind defekt, deshalb springt die Heizung nicht mehr an«, erklärte Hannah ihrer Tochter. »Geh am besten in dein Zimmer, und hol dir einen dicken Pullover aus dem Schrank. Ich versuche noch mal, den Elektriker zu erreichen.«

Sie suchte sich die Nummer heraus und wählte, doch nur ein Anrufbeantworter meldete sich mit der Nachricht, dass der Anschluss erst nachmittags wieder besetzt sei. »Na toll.« Hannah legte ihr Handy beiseite und griff nach dem Telefonbuch. »Irgendeine Firma muss doch wohl heute noch zu erreichen sein.«

Leon hatte das Mittagsgeschirr in die Spülmaschine geräumt, als gleichzeitig sein Telefon und sein Handy klingelten. Irritiert nahm er beide Geräte auf und schaute auf die Displays. Dann nahm er das Gespräch, das über Festnetz kann, an.

»Forsthaus, Marbach am Apparat?« Er runzelte die Stirn. »Guten Tag, Herr Kommissar und frohe Weihnachten. Wie? ... Wann? Aha, und wo steht der Tieflader jetzt? Gut, danke, ich komme so bald ich kann.« Er legte das Telefon beiseite und zückte sein Handy, das mittlerweile aufgehört hatte zu klingeln und wählte die Nummer im Display. »Hallo, Martin. Wie? Die Polizei hat gerade ange… Ich komme gleich rüber.« Er unterbrach die wie immer miserable Verbindung und rief Mario zu sich. »Ich muss noch mal los«, erklärte er ihm. »Die Polizei hat die Diebe gefasst, die den Holztieflader gestohlen haben.«

»Darf ich mitkommen?«, fragte Mario mit leuchtenden Augen.

Leon nickte. »Aber du musst im Auto bleiben. Ich kann dich aber auch so lange zu Onkel Peter und Tante Linda auf den Bauernhof bringen.«

»Nö, ich will mit!«, rief Mario und rannte zur Garderobe, um seinen Anorak zu holen.

»Ich glaube das einfach nicht!« Fluchend warf Hannah ihr Handy auf den Küchentisch, griff jedoch sofort wieder danach. »Muss so was ausgerechnet am Heiligen Abend passieren? Und nur, weil dieser blöde Fatzke es nicht für nötig hält, sich rechtzeitig um einen Elektriker zu kümmern. Jetzt sitze ich schön da.« Wütend klickte sie die Nummer ihres Vermieters an und hoffte, dass er wenigstens an einem Tag wie heute einigermaßen ansprechbar war.

»…bach?«, kam es denn auch unter den üblichen knisternden Störungen vom anderen Ende.

Hannah atmete auf. »Ja, guten Tag, Herr Marbach … frohe Weihnachten«, rang sie sich gerade noch rechtzeitig ab. »Hier ist Mayer. Es tut mir leid, aber ich habe jetzt wirklich ein Problem hier. Der Strom ist ausgefallen, und ich …«

»Nach links!«

Erschrocken hielt sie den Hörer ein Stück vom Ohr weg,

weil der Befehl mal wieder laut gebrüllt worden war. Etwas quietschte und rumpelte im Hintergrund. Dann hörte sie für einen Moment nichts mehr und dachte schon, die Leitung sei unterbrochen worden. Doch dann kamen wieder Sprachfetzen durch.

»... nicht ... kümmern ... gerade ... etwas Wichtiges ...«

Hannah runzelte verärgert die Stirn. »Es ist mir egal, ob sie etwas Wichtiges vorhaben, Herr Marbach. Meine Tochter und ich sitzen hier in der Kälte, weil der Strom ausgefallen ist und damit auch die Gastherme. Ich verlange, dass Sie sich sofort darum kümmern!«

»... machen? ... Feiertag«, kam es zwischen Knistern und dem Lärm, der am anderen Ende der Leitung herrschte.

»Ach, schau an, da wäre ich nie drauf gekommen, dass heute die Feiertage beginnen«, antwortete Hannah gallig. »Glauben Sie denn, ich will über Weihnachten in einem kalten Haus sitzen? Ich kann noch nicht einmal kochen, und heißes Wasser zum Waschen habe ich auch nicht.«

»Holen Sie doch ...triker.«

»O nein, das werden Sie tun!«, rief Hannah wutentbrannt. »Versuchen Sie mal, heute einen Handwerker zu bekommen. Ich verlange, dass Sie auf der Stelle etwas tun. Und wenn Sie mir ein Hotel bezahlen! Es reicht mir jetzt wirklich. Wie?«

»... auch nicht hexen.«

»Sie sollen nicht hexen, sondern Ihren Hintern in Bewegung setzen! Wenn sich bis heute Abend nichts getan hat, hören Sie von meinem Anwalt!«, fauchte sie und schaltete wütend ihr Handy ab.

Leon starrte erbost sein Mobiltelefon an. Diese blöde Kuh hatte einfach aufgelegt. Als hätte er gerade keine anderen

Probleme, kam sie ihm auch noch mit diesen verfluchten Stromleitungen. Wenn er die wenigen Fetzen, die er verstanden hatte, richtig deutete, saß sie im Dunkeln und ganz ohne Strom. Er schüttelte den Kopf. Konnte es wirklich sein, dass die Leitungen so marode waren? Aber wo, um alles in der Welt, sollte er am Heiligen Abend um halb vier Uhr nachmittags einen Elektriker herholen? Abgesehen davon, dass er noch mindestens eine Stunde beschäftigt war, bis sie den Tieflader, der halb im See feststeckte, geborgen hatten.

Mario hatte er mittlerweile doch zu seinem Bruder gefahren, nachdem deutlich geworden war, dass es hier länger dauern würde.

»Herr Marbach?« Der Kommissar trat neben ihn und reichte ihm einen Becher Kaffee. »Wie es aussieht, gehören die beiden Männer, die wir festgenommen haben, zu der Firma, die das Holz bei Ihnen gekauft hat. Jetzt müssen wir prüfen, ob sie auch für die anderen Holzdiebstähle verantwortlich sind.«

Leon nickte grimmig. »Komisch, dass das jedes Jahr zu Weihnachten passiert.«

Der Polizist zuckte mit den Schultern. »Der Winter scheint die Holzdiebe geradezu anzulocken. Letztes Jahr hatten wir ja Glück, dass einer von ihnen von einem Hund gebissen wurde, sonst hätten wir sie vielleicht nicht so schnell geschnappt. Dieses Mal können Sie sich bei Ihrem Waldarbeiter, Herrn Ivovicz, bedanken. Wenn er nicht heute hier vorbeigefahren wäre …«

»Ich weiß.« Leon nickte erneut. »Igor hat diese Sache keine Ruhe gelassen. Er ist in der letzten Zeit mehrmals am Tag die Waldwege abgefahren und hat gehofft, die Diebe auf frischer Tat zu ertappen.«

»Löblich, wenn auch nicht ganz ungefährlich«, kommentierte der Kommissar und ging zu seinen Kollegen zurück.

Nachdem man den Tieflader endlich wieder auf festem Boden gebracht hatte und die Baumstämme mit einem Kranwagen abgeladen worden waren, machte sich Leon auf den Weg zu seinem Bruder, um Mario abzuholen.

Peter und Linda versuchten ihn zu überreden, den Heiligabend mit ihnen und ihren Kindern zu verbringen, doch Leon lehnte ab. Er hatte zu Hause bereits alles für Mario vorbereitet, gegen sechs Uhr erwartete er Richard und Agnes, und außerdem musste er sich ja noch um die Sache mit seiner Mieterin, der Theresia Mayer, kümmern.

21. Kapitel

Hallo, Junior – Verzeihung, Leon.« Richard lächelte, als er die Stimme seines Neffen am Telefon vernahm. »Wir sind schon so gut wie auf dem Weg zu euch.« Sein Lächeln verflog. »Was soll das heißen – sie sitzen im Kalten?«

»Was ist denn?«, wollte Agnes wissen, als sie das ernste Gesicht ihres Mannes sah, doch er wehrte mit einer kurzen Handbewegung ab und lauschte weiter seinem Neffen. Dann schüttelte er entschieden den Kopf. »Nein, mein Junge. Bei aller Liebe, aber das wirst du schön selbst regeln. Hat sie dich nicht schon vor Wochen darum gebeten, einen Elektriker zu schicken? Was? Das tut doch überhaupt nichts zur Sache. Immerhin gehört dir das Haus. Nein, auf gar keinen Fall. Ich werde nicht hinfahren. Das wirst du erledigen. Himmel, man könnte meinen, in dem Haus warte der Teufel auf dich! Das ist ja lachhaft. Wir kommen jetzt zu euch rüber, dann können wir auf Mario auspassen, bis du wieder zurück bist. Nein, *du* wirst dich … Wie? Hör zu: Tu dir selbst einen Gefallen und fahr zu ihr. Bis nachher.« Richard stellte das Telefon zurück in die Station und rieb sich grimmig den Bart. »Der Junge stellt sich wirklich an wie ein Kleinkind.«

»Was ist denn überhaupt los?«, wunderte Agnes sich.

Richard sah sie einen Moment sinnierend an, dann lächelte er. »Mit etwas Glück wird Leon heute ein paar seiner Probleme in den Griff kriegen. Komm, lass uns losfahren! Ich erzähle dir alles auf den Weg zu ihm.«

Hannah hatte mangels Strom den Rest des Kartoffelsalats und ein paar belegte Brote zum Abendessen bereitet, und sie und Paula hatten es sich im Wohnzimmer vor dem hübsch geschmückten Weihnachtsbaum gemütlich gemacht. Leider konnten sie die Lichterkette nicht einschalten, doch die bunten Kugeln und das Lametta verbreiteten auch so eine feierliche Stimmung. Auf dem Couchtisch standen ein großer Teller mit selbstgebackenen Plätzchen und daneben eine Karaffe mit Kinderweihnachtspunsch und zwei Gläser sowie ein Büchlein mit Weihnachtsliedern, die sie vor der Bescherung mit Paula singen wollte.

Da es im Haus mittlerweile noch kühler geworden war, hatte Hannah mehrere Wolldecken um ihre Tochter aufgeschichtet und sich selbst in eine dicke Strickjacke gehüllt. Billa lag auf ihren Füßen.

»Das ist ein komisches Weihnachten«, befand Paula und schob ihren leeren Teller zur Seite. »Wann machen wir denn die Bescherung?«

Hannah strich ihr übers Haar. »In einer halben Stunde, mein Schatz. Dann ist es sieben Uhr.«

»Kannst du das Christkind nicht fragen, ob es unsere Heizung heilmachen kann?«

Hannah schmunzelte. »Ich kann es ja versuchen. Aber nun gehst du bitte in die Küche, denn das Christkind wird jeden Augenblick da sein, und dann muss ich ihm helfen, alles vorzubereiten.«

»Na gut.« Paula grinste fröhlich und sprang auf. »Ich mache auch die Tür zu.«

»Das will ich hoffen, mein Fräulein!« Hannah hob scherzhaft den Zeigefinger. »Hier, nimm das Teelicht mit, aber sei vorsichtig!«

Als Paula weg war, eilte sie mit ihrer Stablampe hinunter in den Keller, wo sie in einem der Umzugskartons Paulas Geschenke versteckt hatte. Billa folgte ihr wie immer auf dem Fuße, trabte zielstrebig auf den alten Schrank zu und kratzte an der Tür.

Hannah seufzte leicht genervt. »Billa, lass das doch endlich!«

Doch Billa winselte nur noch lauter und ließ sich nicht bewegen, wieder mit hinaufzugehen. Also stellte Hannah den Karton mit den Geschenken im Wohnzimmer ab und eilte in den Keller zurück. »Also gut, dann such halt noch mal nach Mäusen«, gab sie sich geschlagen und öffnete den Schrank.

Billa stellte sich auf die Hinterbeine und kratzte wieder heftig an dem Karton, in dem sie die Maus gefunden hatten. Hannah zog ihn ein Stück hervor und erwartete fast schon, wieder eine Mäuseleiche zu finden. Stattdessen kratzte Billa so heftig daran, dass Hannah der Karton entglitt und zu Boden krachte. Wie schon einmal breitete sich der Inhalt überall aus, und Hannah ging fluchend in die Hocke, um alles wieder einzusammeln. Dazu legte sie die Taschenlampe neben sich. Papiere und Zeichnungen wanderten zurück in den Karton, doch plötzlich stutzte Hannah und starrte auf eines der Fotos, die sie gerade hatte zusammenpacken wollen. Es zeigte Leon, der lächelnd ein Baby auf dem Arm hielt.

»Das kann doch wohl nicht wahr sein!« Hannah hatte alle Bilder und Dokumente in den Karton gestopft und nach oben ins Wohnzimmer getragen. Im Licht mehrerer Kerzen betrachtete sie nun ein Foto nach dem anderen. Kein Zweifel, es handelte sich um Leon und Mario.

Ihr Herz hämmerte gegen ihre Rippen. »Ich glaube das nicht«, murmelte sie und blätterte rasch die Papiere durch. Sie fand mehrere Zeichnungen, die offenbar das Haus und den Garten zeigten. Anscheinend hatte Leon einige Umbauten vorgehabt.

Als Nächstes fielen ihr amtliche Dokumente in die Finger, die vom Familiengericht stammten, darunter auch ein Schriftstück, das Leon als allein Sorgeberechtigten für Mario auswies. Und als sie seinen vollständigen Namen auf einem der Papiere las, stockte ihr der Atem: Magnus Leon Marbach.

»M. Marbach«, murmelte sie, während sie die Akten wieder ordentlich aufeinanderstapelte und versuchte, die Tatsache zu verarbeiten, dass offenbar Leon ihr verhasster Vermieter war.

Ganz klar, ihm war genauso wenig bewusst, mit wem er telefoniert hatte, wie es ihr gewesen war. Denn – und das war fast zum Lachen – sie hatte ebenfalls auf dem Mietvertrag ihren vollständigen Namen angegeben: Theresia Hannah Mayer. Sie hatte die Erfahrung gemacht, dass der Name Theresia auf die Leute einen besonderen Eindruck machte und sie offenbar dadurch seriöser wirkte. Doch das erklärte ja nicht, was ihn veranlasste, sich ihr gegenüber immer so unfreundlich zu verhalten.

Sie schloss aus den Gerichtsunterlagen, dass Marios Mutter auf das Sorgerecht verzichtet hatte und seither mehr oder weniger von der Bildfläche verschwunden war. Es gab – zumindest hier – kein einziges Foto von ihr.

Niedergeschlagen legte sie den Klarsichthefter mit den Gerichtsdokumenten wieder zuoberst in den Karton und schob ihn beiseite. Dann machte sie sich daran, Paulas Geschenke unter den Weihnachtsbaum zu legen, doch die Sache ließ ihr keine Ruhe. Immer wieder wanderte ihr Blick zu dem Karton hin. Schließlich setzte sie sich auf die Couch und zog ihn noch einmal zu sich heran.

Doch bevor sie hineingreifen konnte, kam Billa mit einem merkwürdigen Winseln zu ihr und legte ihr etwas in den Schoß.

Verblüfft nahm Hannah das Bündel Briefe auf. »Was bringst du mir denn da?«

Billa schnaufte und lief mit einem auffordernden Bellen zur Hintertür.

Hannah folgte ihr rasch. »Musst du hinaus? Gut, dann beeile dich aber, sonst wird es hier noch kälter!« Sie lehnte die Tür nur an und kehrte ins Wohnzimmer zurück, wo sie das Gummiband löste und die Briefe auf dem Couchtisch ausbreitete. Auf einigen stand Leon als Absender, auf anderen «Yvonne Schwarz«, Marios Mutter. Leons Briefe waren augenscheinlich alle ungeöffnet zurückgeschickt worden.

Hannah warf einen kurzen Blick auf die Uhr und lauschte dann. Aus der Küche drang leise Musik aus dem kleinen batteriebetriebenen Radio und dazwischen Paulas Stimme. Ihre Tochter sang die Lieder aus dem Weihnachtsprogramm mit.

Hannah kämpfte kurz mit sich, doch dann siegte die Neugier, und sie zog den ersten Brief dieser Yvonne aus dem Umschlag.

22. Kapitel

Leon warf aufgebracht sein Telefon auf die Couch und starrte aus dem Fenster. Sein Onkel wollte ihm dieses Mal also nicht helfen. Und einen verdammten Elektriker, der am Heiligen Abend arbeitete, gab es in der Stadt offenbar nicht.

Er rieb sich in leichter Verzweiflung über die Stirn.

»Tu dir selbst einen Gefallen und fahr zu ihr«, hallte die Stimme seines Onkels noch immer in seinem Ohr.

Leon wusste, dass Richard recht hatte. Die Sache mit dem Haus war mittlerweile zu einer lächerlichen Farce geworden. Er sträubte sich, dorthin zu fahren, doch weshalb? Weil er das Haus für Yvonne und sich und Mario hatte umbauen wollen? Weil sie ihn im Stich gelassen hatte und es zu schmerzhaft für ihn gewesen war, an den Ort zurückzukehren, in den er so viel Energie und Hoffnung gesteckt hatte? Doch nun wohnte dort eine Frau, die das Recht auf Strom und eine funktionierende Heizung hatte. Und auf all die vielen anderen Reparaturen, die er schon so lange vor sich herschob. Wenn sie ihm nur nicht immer so auf den Nerv gehen würde!

Leon wandte sich vom Fenster ab und betrachtete das hübsch dekorierte Wohnzimmer, die rotgrünen Girlanden am Kamin und den imposanten Weihnachtsbaum, den er mit Mario gemeinsam ausgesucht und geschmückt hatte. Die Fenster wurden von Lichterketten umrahmt, auf dem Tisch stand ein brennender Kerzenleuchter neben einer Schale mit Nüssen und Gebäck. Auf einem der Stühle lagen drei alte Notenhefte mit Weihnachtsliedern.

Mario war nach dem Abendessen in seinem Zimmer verschwunden, um noch letzten Schliff an ein Bild zu legen, das er Tante Agnes schenken wollte. Leon hatte in der Zwischenzeit alles für die Bescherung vorbereitet und wartete nur noch darauf, dass Richard und Agnes eintrafen. Wieder blickte er aus dem Fenster in den Garten, und wieder dachte er an seine Mieterin. Im Grunde benahm er sich wirklich albern; er hatte sie noch nicht einmal zu ihrem Einzug begrüßt. Und wenn er ehrlich zu sich war, wusste er auch, dass er den Ärger über sich selbst nur auf sie projiziert hatte. Was konnte sie schließlich dafür, dass er Probleme mit seiner Vergangenheit gehabt hatte?

Er lehnte den Kopf gegen die Fensterscheibe und genoss die Kühle auf der Stirn. Als er Hannah begegnet war, hatten sich seine Ängste und all die schlechten Erinnerungen nach und nach aufgelöst. Und auch wenn er beim Gedanken an sie jetzt nur noch eine traurige Leere spürte, blieb das Schreckgespenst der Vergangenheit dennoch verschwunden.

Ein Auto fuhr vor, Augenblicke später klappten die Türen und er hörte, wie seine Tante lautstark den beleuchteten Weihnachtsmann samt Rentierschlitten bewunderte.

Leon wandte sich vom Fenster ab und eilte in den Flur, um Agnes und Richard zu öffnen. Mario kam die Treppe herabgerannt und fiel den beiden abwechselnd um den Hals.

Leon nahm ihnen die Jacken ab und führte sie ins

Wohnzimmer. »Es tut mir leid«, sagte er, »aber ich muss noch mal weg.« Er warf Richard einen kurzen Blick zu, den dieser zustimmend erwiderte. »Ich denke, es wird nicht allzu lange dauern.«

Agnes legte ihm eine Hand auf den Arm. »Ist schon gut, Leon, wir warten solange. Was meinst du, Mario, sollen wir ein paar Runden *Mensch ärgere dich nicht* spielen, bis dein Papa wieder hier ist?«

Mario schüttelte den Kopf. »Kann ich mitfahren? Vielleicht sehe ich ja das Christkind draußen irgendwo.«

»Aber Mario, hier ist es doch viel gemütlicher«, meinte Agnes.

»Bitte bitte!«, bettelte Mario und hängte sich an Leons Hand.

Leon zuckte mit den Schultern. »Meinetwegen. Aber zieh dir eine warme Jacke, Schal und Handschuhe an!« Er nahm sich selbst eine dicke Winterjacke vom Garderobenhaken. »Es wird wirklich nicht lange dauern.«

Richard nickte. »Wir kommen hier schon zurecht, Junior.« Er zwinkerte seinem Neffen zu und drückte ihm einen Aktenordner in die Hand. »Hier, den solltest du zukünftig nicht mehr bei uns zwischenlagern.«

Leon las das Wort »Mietvertrag« auf dem Rücken des Ordners. Er nickte, klemmte ihn sich unter den Arm und verließ mit Mario das Haus.

Niedergeschlagen faltete Hannah den letzen der Briefe zusammen und steckte ihn zurück in den Umschlag. Ihr war zum Weinen zumute.

Marios Mutter hatte Leon verlassen, als der Junge gerade ein halbes Jahr alt gewesen war, und offenbar hatte sie Leon davor schon nach Strich und Faden ausgenutzt und betrogen und seine Bemühungen, ihr und seinem Sohn ein gemütliches Heim zu schaffen, als lächerlich abgetan. Leons Briefe hatte sie sich nicht getraut zu öffnen, doch das war nun auch nicht mehr nötig. Sie begriff langsam, was in ihm vorgegangen sein musste und weshalb dieses Haus hier ihm so ein Dorn im Auge war. Und mittlerweile glaubte sie auch zu wissen, weshalb er so plötzlich mit ihr Schluss gemacht hatte. Wahrscheinlich hatte er irgendwo, vielleicht im Kindergarten, aufgeschnappt, dass Torsten zu Besuch kommen würde, und hatte das wohl gründlich missverstanden. Ein wenig war sie wohl selbst schuld daran, weil sie ihn nicht von Anfang an alles über Paulas Vater erzählt hatte. Andererseits ärgerte sie sich, dass Leon ihr nicht mehr vertraut oder zumindest nachgefragt hatte.

Sie rieb sich die Augen. Seine Reaktion war bestimmt so etwas wie eine Kurzschlusshandlung gewesen. Noch dazu hatte sie ja immer wieder Ausflüchte gehabt, wenn er sie hier hatte besuchen wollen. Sie wollte ihn nicht in Schutz nehmen, aber begreifen konnte sie jetzt so einiges.

Sie legte die Briefe zuoberst auf den Karton und wollte nach Paula rufen, als ihre Tochter im Flur erschien. »Mama, hast du mich vergessen?«

Hannah sprang auf. »Aber nein, mein Schatz. Entschuldige, dass es so lange gedauert hat. Aber jetzt können wir …« Sie sah sich um. »Wo ist eigentlich Billa?« Erst jetzt erinnerte sie sich, die Hündin in den Garten gelassen zu haben. Rasch lief sie zur Hintertür und rief nach ihr, doch sie wusste schon im selben Moment, dass Billa mal wieder verschwunden war.

Leon war erst ein paar hundert Meter gefahren, als er in einiger Entfernung eine Bewegung auf der Straße sah. Er fuhr langsamer und erkannte Billa, die in rasantem Tempo auf seinen Jeep zugerannt kam. Sofort bremste er.

»Was ist denn, Papa?«

Mario reckte sich auf dem Rücksitz. »Da ist ja Billa!«, quietschte er und wollte schon aussteigen.

Doch Leon hielt ihn zurück. »Bleib sitzen! Sie ist vermutlich mal wieder ausgerissen. Ich werde versuchen, sie einzufangen.«

Er öffnete die Tür und stieg aus. Billa sprang mit einem lauten Heulen auf ihn zu, umtänzelte ihn wild und rannte dann wieder ein Stück in die Richtung, aus der sie gekommen war.

Leon rief mehrmals nach ihr, doch sie kam jedes Mal nur bis auf ein paar Meter zu ihm heran und gebärdete sich wie wild. Da er einsah, dass er sie so nicht einfangen konnte, stieg er wieder ein und fuhr ihr langsam hinterher.

»Warum holst du Billa nicht ins Auto?«, wunderte Mario sich.«

»Weil sie sich nicht fangen lässt«, erklärte Leon. »Es scheint fast, als wolle sie uns irgendwo hinführen. Hoffentlich ist Hannah und Paula nichts passiert!«

Er merkte erst, wohin Billa ihn lotste, als er bereits fast vor seinem alten Haus angekommen war. Die Hündin rannte durch das offen stehende Gartentor und setzte sich vor die Haustür. Leon parkte den Jeep am Straßenrand und starrte Billa sprachlos an. Dann wanderte sein Blick über die dunkle Fassade des Hauses, die nur von einer Straßenlaterne angestrahlt wurde. Hinter den Fenstern war es dunkel – natürlich, der Strom war ja ausgefallen. Doch als er genau hinsah, stellte er fest, dass hinter dem Küchenfenster ein Windlicht in Form eines Weihnachtswichtels brannte, das einen selbstgebastelten Stern aus rotem und gelbem Pergamentpapier beleuchtete.

»Papa, was machen wir denn jetzt? Wohnt Billa hier?«, wollte Mario wissen.

So ganz sicher war sich Leon noch nicht, doch ganz langsam breitete sich eine dunkle Ahnung in ihm aus. Er nahm langsam den Ordner mit dem Mietvertrag vom Beifahrersitz, schlug ihn auf und stieß im nächsten Moment heftig die Luft aus. Was war er doch für ein Idiot! Er legte den Ordner wieder zur Seite und stieg dann langsam aus dem Jeep.

Im nächsten Moment begann Billa laut zu bellen, und es dauerte nur Sekunden, bis sich die Haustür öffnete und Paula herausgestürmt kam. Sie umarmte Billa lachend und tollte mit ihr durch den Vorgarten. Hinter ihr trat Hannah durch die Tür nach draußen.

Ihr Herz schien für einen Moment lang auszusetzen, als sie Leon vor ihrem Gartentor stehen sah. Langsam ging sie die wenigen Stufen in den Vorgarten hinab und wich Mario aus, der, als er Paula gesehen hatte, begeistert zu ihr hinrannte.

Hannah blieb ein paar Meter vor Leon stehen. »Guten Abend«, sagte sie und wünschte sich, ihre Stimme würde weniger spröde klingen. »Bist du gekommen, um dich zu überzeugen, dass unser Strom tatsächlich ausgefallen ist?«

Überrascht hob er den Kopf. »Ja – ich meine nein. Ich wollte ... Woher weißt du ...? Hast du etwa die ganze Zeit ...?«

»Nein.« Sie schüttelte den Kopf und trat nun doch etwas näher zu ihm heran. »Ich habe es nicht gewusst. Erst als ich heute im Keller ein paar Bilder und Unterlagen gefunden habe ...« Sie hielt inne und strich sich die Haare aus dem Gesicht. »Ich habe Yvonnes Briefe gelesen.«

Sein Blick flackerte kurz, doch er wandte ihn nicht ab. »Es tut mir leid. Ich habe mich kindisch benommen.«

»Nein.« Sie lächelte. »Doch, das hast du. Wenn du früher hier aufgekreuzt wärest, hättest du gewusst, warum ich so ungern Besuch empfange. Dieses Haus ist das glatte Gegenteil von gemütlich. Und ich bin Architektin, da sollte man meinen ...« Sie zuckte mit den Schultern.

Schweigend sahen sie einander an.

Mario und Paula tollten mit Billa noch immer wild im Vorgarten herum und hinterließen ein wildes Durcheinander von Fußstapfen im Schnee. »Ist dein Papa noch da, Paula?«, fragte Mario gerade.

Paula blieb stehen. »Nee, der ist schon lange wieder weg. Aber er hat mir ein tolles Geschenk mitgebracht. Ein Tele... Tele... so ein Ding, mit dem kann man die Sterne angucken. Vielleicht sogar den Weihnachtsstern vom Christuskind. Soll ich es dir zeigen? Und Tante Birgit hat mir einen Pullover gestrickt. Ganz toll mit Ringelstreifen. Aber jetzt sind sie schon wieder nach Hause gefahren. Komm, ich zeige dir alle meine Geschenke. Mama, dürfen wir reingehen?«

Hannah nickte. »Sicher, Schatz, aber nehmt euch die Decken, wenn es euch zu kalt wird. Und seid vorsichtig mit dem Teleskop!« Als Leon einen Schritt auf sie zu machte und seine Hände auf ihre Schultern legte, begann ihr Herz heftig zu pochen.

»Ich bin ein Vollidiot«, sagte er.

Hannah nickte. »Das bist du.«

»Kannst du ... Ich meine, hältst du es für möglich ...«

Sie sah ihm ernst in die Augen. »Dass ich dir verzeihe?«

»Das ist zu viel verlangt, nicht wahr?« Leon ließ die Schultern hängen und zog seine Hände zurück.

»Das kommt darauf an«, meinte sie. »Vielleicht, wenn du endlich dieses Haus renovieren lässt …«

Leon sah sie lange an und lächelte dann zaghaft. »Das könnte ich machen. Aber … es wird eine Weile dauern, und bis dahin solltet ihr euch eine andere Bleibe suchen.« Als sie nicht reagierte, seinem Blick jedoch unverwandt standhielt, atmete er tief ein. »Fürs Erste könnte ich euch mein Gästezimmer anbieten.«

»Ich muss irgendwo arbeiten«, sagte sie mit ernster Miene.

»Unterm Dach habe ich zwei Räume, von denen man leicht eines als Büro einrichten könnte. Provisorisch, meine ich. Ein Tisch, einen Stuhl, ein paar Regale … Das Zimmer hat sogar ein Oberlicht.«

Hannah verzog ihre Lippen ebenfalls zu einem Lächeln. »Das klingt wie ein gutes Angebot … für den Übergang.«

»Dann bist du einverstanden?« Hoffnungsvoll blickte Leon ihr in die Augen.

»Unter einer Bedingung.« Ihr Lächeln wurde breiter. »Wir siedeln noch heute Abend zu euch über. Ich habe nämlich keine Lust mehr, mir den Hintern abzufrieren.«

Leon lachte erleichtert auf und zog sie in seine Arme. »Verdient habe ich das nicht.«

»Stimmt.«

Er tat einen halben Schritt zurück und musterte sie entrüstet. »Musst du mir dauernd zustimmen?«

»Nur, wenn du recht hast.« Sie stellte sich auf die Zehenspitzen und küsste ihn.

Er ergriff ihre Hände. »Weißt du, ich überlege gerade, ob es wirklich sinnvoll wäre, das Dachzimmer nur provisorisch herzurichten. Als Atelier wäre es geradezu ideal und … Man könnte es richtig professionell einrichten.«

»Ach ja?«

Er nickte. »Das lohnt sich aber nur, wenn …«

»Wenn was?«

»Wenn ihr für ganz bleibt.« Er zog sie wieder näher an sich. »Ist das verrückt?«

»Ja, ist es. Wir kennen uns erst seit ein paar Wochen.« Hannah küsste ihn erneut. »Aber in Anbetracht der Tatsache, dass gute Ateliers rar sind …« Sie küsste ihn noch einmal. »Außerdem müssen wir doch dem Mütterbeirat im Kindergarten neuen Gesprächsstoff geben.«

Im gleichen Moment riefen Paula und Mario im Chor nach ihnen. Sie klangen so aufgeregt, dass Hannah und Leon alarmiert ins Haus rannten.

»Sie sind hinten im Garten!«, meinte Hannah und steuerte auf die Hintertür zu. »Was ist passiert?«

Sie blieb wie angewurzelt stehen, so dass Leon gegen sie prallte. »Was ist das?«

Auch Leon starrte wie gebannt auf Billa, die in dem verschneiten Gärtchen stand und zu ihnen aufblickte. Ein merkwürdiger Lichtschein umgab sie, der an den Rändern wie Lametta glitzerte. Sie bellte freundlich, dann drehte sie sich um und verschwand zwischen den schneebeladenen Büschen.

Die Kinder sahen ihr gebannt und sprachlos nach; Hannah schob eine Hand in die von Leon und drückte sie, mit der anderen Hand nestelte sie die Taschenlampe aus der Innentasche ihrer Jacke hervor. Gemeinsam traten sie zu dem Busch und bogen die Äste vorsichtig auseinander. Schnee rieselte zu Boden.

Billa war verschwunden, obwohl hinter dem Gesträuch ein Maschendrahtzaun das Grundstück begrenzte.

Leon schob den Schnee erst mit dem Fuß, dann mit beiden Händen beiseite. Hannah leuchtete ihm.

Zum Vorschein kam eine kleine quadratische Steinplatte.

»Das gibt es doch nicht«, murmelte Leon und kratzte an der Oberfläche herum, bis ein Name darauf sichtbar wurde. »Sybilla«, sagte er. »Die Hündin meiner Großeltern. Sie liegt hier begraben.«

»Guck mal!« Paula griff in den Schnee neben dem Stein und hob etwas auf. Es war eine alte und bereits arg angelaufene Hundemarke, die im Schein der Taschenlampe silbrig aufleuchtete. *BILLA* war darauf eingraviert, doch wenn man genau hinsah, konnte man genau erkennen, dass die Marke dort zerbrochen war, wo die ersten beiden Buchstaben des Namens gewesen waren.

Hannah betrachtete die Marke lange, dann blickte sie zum Himmel hinauf, vor dessen schwarzem Hintergrund unzählige Sterne funkelten. »Vielleicht …«, sagte sie. »Vielleicht war sie doch ein Engel.«

Petra Schier
Ein Weihnachtshund auf Probe
159 Seiten. Gebunden
ISBN 978-3-352-00752-1

Wie der Weihnachtsmann auf den Hund kam

Ein Weihnachtshund auf Probe? Nicht für den zehnjährigen Tommi. Er hat den Mischling mit dem Namen Otter, den seine Eltern am Ersten Advent aus dem Tierheim holen, gleich ins Herz geschlossen. Doch Otter liebt nichts mehr als Pfützen und Bäche und richtet jeden Tag neues Chaos an. Als sein Vater plant, den Hund zurückzubringen, fasst Tommi einen folgenschweren Entschluss. Er will Otter retten, und der leibhaftige Weihnachtsmann soll ihm dabei helfen. Damit beginnt das gefährlichste und wunderbarste Abenteuer seines Lebens.
Das amüsante Weihnachtsbuch für alle Hundefreunde: Besinnlich und märchenhaft – die Geschichte einer wunderbaren Freundschaft.

Mehr Informationen erhalten Sie unter
www.aufbau-verlagsgruppe.de oder in Ihrer Buchhandlung

rütten & loening
AUFBAU VERLAGSGRUPPE

Kari Köster-Lösche
Alfons, die Weihnachtsgans
124 Seiten. Gebunden
ISBN 978-3-352-00762-0

Eine Weihnachtsgans auf Abwegen

Einen Tag vor Weihnachten kann kein Schiff die Nordseehallig Langeness ansteuern. Nur Torre und sein Großvater, der Postschiffer, wagen mit einer Lore die Fahrt über einen Damm. So kurz vor dem Fest haben sie auch einen Weihnachtsschmaus dabei – eine lebendige Weihnachtsgans. Als die Hallig schon am Horizont auftaucht, kommt es zur Katastrophe. Torre und sein Großvater stranden in eisiger Dunkelheit. Sie haben nichts bei sich, das sie retten könnte, kein Funkgerät, kein Handy, keine Leuchtpistole – nur eine aufgeregte Gans ...
Die Geschichte eines Weihnachtswunders: so wohltuend und wärmend wie ein Glas Glühwein.

Mehr Informationen erhalten Sie unter
www.aufbau-verlagsgruppe.de oder in Ihrer Buchhandlung

rütten & loening
AUFBAU VERLAGSGRUPPE